诗鉴赏集

凉山漂泊日

峰险钻天笋

溪弯套马绳

雨雪漫行程

郢匠薪传

YINGJIANG XINCHUAN

邓 辉 ◎ 著

中国国际广播出版社

图书在版编目（CIP）数据

郢匠薪传 / 邓辉著 . -- 北京：中国国际广播出版社，2023.5

ISBN 978-7-5078-5342-1

Ⅰ．①郢… Ⅱ．①邓… Ⅲ．①古体诗—诗集　中国—当代②古典诗歌—诗歌评论—中国 Ⅳ．① I227.7 ② I207.227

中国国家版本馆 CIP 数据核字 (2023) 第 090826 号

郢匠薪传

著　　者	邓　辉	
责任编辑	王立华	
校　　对	张巨凤	
装帧设计	吴光利	

出版发行	中国国际广播出版社有限公司［010-89508207（传真）］
社　　址	北京市丰台区榴乡路 88 号石榴中心 2 号楼 1701
	邮编：100079
印　　刷	廊坊市海涛印刷有限公司

开　　本	787×1092　1/16
字　　数	170 千字
印　　张	25.25
版　　次	2023 年 5 月　北京第一版
印　　次	2023 年 5 月　第一次印刷
定　　价	88.00 元

邓　辉

　　原名唐纪森、唐渊，汉族，中学高级教师，重庆市作家协会会员，重庆市大足城南教育集团理事长，全国民办中小学优秀校长，新中国成立 60 年重庆教育知名人物。

　　曾任重庆市人大代表、大足区人大代表，现为中国民办教育协会小学初中分会理事、重庆市民办教育协会中小学专委会理事长、诗刊社《中华辞赋》杂志理事长、《诗词世界》杂志理事长，从 20 世纪 60 年代开始写诗，已出版个人诗集《闲适堂诗词选》（上下册）、《闲适堂风雨集》（三卷本）《闲适堂·刘余集》。

序　一

苦难生涯真宝贝，资财岂止是金银

王冰

　　邓辉先生既是教育家也是诗人，他的《郢匠薪传》既是一部旧体诗集，也是一部旧体诗鉴赏集，如同庆霖先生所谈到的："（诗集）收录邓辉诗点评204篇，是一个多人点评、多年积累起来的点评集。"以此为基点，来考察邓辉先生的生活与创作，就会发现其诗歌的创作意识与审美取向具有很强的传统文化意识。正是因为邓辉先生的诗具有这样的精神内核及艺术品格，从而成就了其在旧体诗创作中独具个性的创作形态。

　　邓辉先生创作的诗，其内容可以按照时间来

划分。一是诗人写自己经历艰难日子的诗，有《梦回凉山》为证："凉山漂泊日，雨雪漫行程。峰险钻天笋，溪弯套马绳。清风芳草味，米酒故人情。四十年前事，追思梦五更。"二是写学校事、师生情的诗，如《古寺青檀——赠高中2016届全体师生》一诗："挺拔古青檀，葱茏已忘年。根伸崖石破，干立雾空寒。正气甘贫贱，禅心乐困难。不知尘世客，几个可齐肩？"三是写如今自己对过往反观的诗，如《看旧照片有感》："昔日如松小汉津，扬鞭催马卷黄尘。古稀何敢称衰老，还望垂钓渭水滨。"可以说，这三个阶段的生活经历都是邓辉先生诗泉之源，也算得"惊梦起思校事梦断琴弦起五更，流年欲计总无凭"，但对于邓辉先生而言，却也都是"苦难生涯真宝贝，资财岂止是金银"此种感悟的来源。

这一点在邓辉先生的《自序》中也有记述，《自序》言简意赅地道出了自己的生活经历，其中写道，"愚幼孤贫。入读初中三月被精简。为谋生计，浪迹江湖六载。此六载，居无定所，食不果腹，衣难蔽体，几为饥寒致死者数也。即如是，愚仍负书一筐，街边、桥下伺机苦读，尤嗜读唐诗宋词""后于大足城南务农十载，昼耕夜读。其时入心多块垒，欲喷而泻之""于是便渐习韵律""朝暮习之""从不悲命舛，亦不甘沉沦，故以挣扎拼搏为常态"。于是，邓辉先生的诗歌在其沉郁的底色中，更显示出一种希望和光明的色彩，并由此成就了自己那一种生活之美的境界，让读者从中看到其诗中洋溢着一种生命的欢愉。这是邓辉先生自己才能拥有的生活和生命画卷，其主题意蕴是向人们揭示一种不屈和倔强的生命意识。

邓辉先生的写作指向了几个维度。一是用心描摹世间美景的诗。比如邓辉先生在《暮游山》一诗中写道："暮霭扶持老朽翁，披襟弃杖向云峰。幽篁万仞危巅上，恶棘三分瘠谷中。雾涌滔滔来似浪，溪流滚滚去如龙。若无若有箫声细，阵阵禅音送晚钟。"此类诗还有《深山夜吟》《春夜宿山中》《暮秋遣怀》《重游萍漂地》等。二是忆人寄情的诗歌。比如诗人在《登山抒怀寄人》中写道："雪化寒犹在，披荆向远岑。林疏芳草浅，雾淡碧云深。我欲乘春发，天偏使陆沉。飞高谁顾盼，一翅任晴阴。"再如《江干即景赠人》《重逢》《别情》《感事寄沪上友》《七夕夜大雨赠人》，都是这样的诗。三是写物抒怀的诗。比如《不屈松》一诗："根钻石隙自葱茏，铁骨铮铮立险峰。夏顶风雷三万丈，冬披雪雾九千重。热心招得延年鹤，冷眼旁观饮涧虹。任尔炎凉随甲子，由他逝水向西东。"其他如《崖上梅》《雪里松》等。邓辉先生的诗，还有一类记事抒怀的。比如《住院》之一的《病中忆》写道："孤身卧榻忆流年，幸夺千峰闯万滩。"《无月夜山行》也是这样的诗。而邓辉先生所写关于学生与老师的诗，大体也可以归入此类。比如《走笔赠城南教育集团莘莘学子》："少立鲲鹏志，丹心绘彩虹。江山怀抱里，天地课堂中。学得诗书破，求来气势雄。一朝图报国，四海走蛟龙。"还有一些，比如《除夕赠学校全体教师》。

邓辉先生借山川景物感悟人生真谛，对个体命运进行自己的思考，由此来把握自己与自然的关系；邓辉先生写人写事，多从自我出发，取日常生活、身边琐事，真切抒写普通人的生存景观、生活情趣，在凡人小事中寻求一份温馨与慰藉；邓辉先生在对世间事物的观览中，重新认识、感受和领略事物所具有的特性和指向，这类诗不只是停留在浅表的事物抒写上，还开掘出较有深度的理性思考，是自己的感悟与阐发。因此，邓辉先生诗中的真实情感可以直接切入生活，近距离地对生命进行观察与透视，从容表现出自己的真实情感与思想。

邓辉先生的诗，纯洁、朴实、真诚，蕴含着一种艰难与成长、惆怅与悠长的韵味。其诗中所要表达并推崇和赞美的，正是一种充满诗意的人生境界、一种生命存在。正是这种诗意，其诗经历成了他的生命经历，他的生命经历也成了他的诗经历。诗人在用诗的方式，把一种充满苦意的生存，过成了一种怡然的生活。这使得诗人的生命，因为有了诗，便也有了诗意的创造、美的创造，这才是人们所需要的真正有意义的生活，这也成为他诗作的最大特点。

说到诗的语言，邓辉先生的诗，少浮辞、不渲染、质朴、洁净，他的语言去掉了很多枝蔓和芜杂，很多诗都具有单纯、明快的特点，具有语言的原味和张力。

总之，读邓辉先生的诗，让我们觉得，美和人性是什么时候都需要的，尤其是在苦难之后。可以这样说，他的诗，会让读者从中获得生命的感悟、灵魂的慰藉、思想的启迪和审美的愉悦，从而得到一种独具特色的精神享受。

作者简介：

王冰，20世纪70年代生于山东，评论家。现为中国作家协会《诗刊》副主编、《中华辞赋》杂志社社长、中国作协青年工作委员会委员。曾为中国作家协会鲁迅文学院副院长兼培训部主任。曾受邀担任全国各种文学奖项的评委，2009—2015年连续七年担任中国社会科学院《文学蓝皮书：中国文情报告》编委、课题组成员，并负责其中散文部分的年度综述。曾在《当代作家评论》《当代文坛》《南方文坛》《文艺报》等报刊发表大量散文、散文理论、评论作品等。于2007年、2015—2016年两次在《美文》杂志开设《散文研究》专栏，2017年在《美文》杂志主持《散文发射场》专栏，其中2015年第2期入选《南方文坛》《今日批评家》栏目。出版有散文理论专著《散文：主体的攀援与表达》《集体的光亮与个体的无名——"现代性"景深中近十年来中国散文创作图谱》《散文的传统》、诗集《疏勒河的流水溢上岸边丛杂的小径》、散文集《走在人背后》等。主编《才女书——百年百人百篇女性散文经典》《追梦》，参编《大师书斋》（十卷本）、"中国多民族文学丛书"82 册、《中国少数民族文学作品年度精选》（五卷本）等。曾受邀赴各地讲学和参加各种学术会议。

序 二

刘庆霖

在我的眼里，邓辉是一位教育家兼诗人，或者说是诗人教育家。

他任重庆大足区城南教育发展有限公司董事长、城南教育集团理事长、城南东序学校理事长兼校长；重庆市教育评估专家，全国民办中小学优秀校长。酷爱诗词，已出版个人诗集《闲适堂诗词选》《闲适堂风雨集》。

《郢匠薪传》收录邓辉诗点评204篇，是一个多人点评、多年积累起来的点评集，其中有杨逸明、杨志学、江岚、郭云、刘宝安、古木、樵夫、武春燕的点评，当然也包括我的多篇点评。对于诗和点评已无须说得更多，大家可以自品其中味道。借此，我想说说邓辉这个人。

邓辉是一个极其懂得教育的人。有人可能要说，作为一名教师，又是校长，当然应该懂得教育。然而，"教育"二字并不是每个校长都懂得的，有许多校长只懂得"教"而不懂得"育"。这是因为"教育"的真正含义是："教之文与孝，育以月和云。"这个特殊的编码，可能在造字的时候就设定了：文与孝合而为教，即要培养德才兼备的学生，教他们知识和孝道，孝道即德，百善孝为先也。但是，教育并非到此为止，还要育以月和云，"月"和"云"代表自然，人不但要学习知识，有道德，还要读懂自然，诗意地栖居和生活。所以古人说"读万卷书，行万里路"。邓辉搞教育的办法即，既教学生知识和道德，也让他们学会诗意地栖居和生活。邓辉在大足南山建了学校的励志基地，有诗为证："半亩茹蔬一亩花，更添桃杏坠枝丫。小池脉脉红鳞戏，长岭萋萋白日斜。休怨峰高多寂寞，且怜溪浅少喧哗。山居自在无忧患，朝沐清风晚对霞。"（邓辉《题师生励志基地》），杨志学先生点评说："此诗作者系重庆某民办中学负责人。几十年来，他备尝艰辛，而最终获得成功，育人硕果累累，成就辉煌而喜人，学校的规模也是越来越大，还建立了师生励志基地。建励志基地的行为，也从一个方面凸显了教育家的胸怀与理念。此诗就是描绘励志基地的。诗的脉络结构，是在写景状物的基础上生发人生感慨，让人在丰盈的诗意中领略到诗人的志趣和价值追寻。"据我了解，这个励志基地在郊区的一个小山上，是励志教育基地，也是大自然的一部分，完全符合"教之文与孝，育以月和云"。所以，他们学校的教学成绩在全市能排在前面。我们来看两组数字：一是大足城南中学的南苑诗社有100余位教师和学生写诗，有些人还在国家级的诗歌刊物，如《诗刊》《中华诗词》《中华辞赋》上发表作品；二是大足城南中学高考成绩每年均居全区第一、全市前茅，重点本科上线率已经高达86.6%。不少同学被同类型全国排名第一或领先的顶级名校录取。

邓辉是一个极其懂得诗教的人。近年来，中小学课本中诗词的内容不断增加，说明国家重视中华优秀传统文化的教育；中华诗词学会在全国推广诗教活动，其中一项内容就是诗词进校园。然而，诗教怎么搞，从哪里入手，重点是什么，最终目的是什么？一些人并没有弄清楚，或者说，没有人从头至尾地坚持去做。而邓辉却不一样。诗教要在文化的"化"字上做文章，这个"化"应该作为动词使用。我们来看看邓辉是如何做的。一是以诗化境，营造诗意校园。邓辉所办的重庆大足城南中学校（小学部、初中部、高中部）和重庆市大足城南东序学校，其校园都进行了诗意设计。不但在墙上悬挂了数百幅古今诗人的作品，让师生在诗意的环境里受到熏陶和感染，达到潜移默化的效果，同时还编辑本校的《诗词读本》，把古代的优秀诗词作品和当代诗词名家的作品集中展示给师生。城南中学还不定期地邀请全国诗词名家到学校讲解诗词创作的要领，增加学校的诗意氛围，让师生全方位地感受诗词魅力。二是以诗化人，打造诗意名校。在邓辉的倡议下，城南中学成立了南苑诗社。通过让老师和学生参与诗歌创作，让师生零距离地接触诗词。为了鼓励师生创作，他们创办了《南苑诗韵》诗歌刊物，格律诗、新诗一起刊发，每年两期，发表国内外诗词名家和本校师生创作的诗词作品；同时，在全国邀请著名诗人点评师生作品，然后发在《南苑诗韵》上，以提高师生的鉴赏能力和创作水平，激励他们的创作热情。《郢匠薪传》收录邓辉诗点评204篇，就是这些点评作品的一部分。另外，邓辉还用诗的方式与师生交流，对他们进行鼓励。我们来看一首邓辉的《古寺青檀——赠高中2016届全体师生》："挺拔古青檀，葱茏已忘年。根伸崖石破，干立雾空寒。正气甘贫贱，禅心乐困难。不知尘世客，几个可齐肩？"这是一首咏物诗，虽然副题写着"赠高中2016届全体师生"，但它还是咏物诗，只是作者想用这首诗与本校高中2016届全体师生共勉。再如他的《第三十二个教师节贺同仁》："雨洗良辰美，风传礼赞声：心宽悬万事，笔直送三更。非有衔枝志，难埋泣血诚。苍溟填未尽，不计利和名。"这首诗连用两个典故，赞美教师们像杜鹃泣血一样，真诚地热爱教育事业，甚至连灵魂都要为这个事业奔走呼号；同时，又像精卫填海一样，从一枝一石做起，不畏艰辛，不计名利，矢志不渝。通过这样的诗教，学校老师和学生的精神面貌焕然一新。三是以诗化力，学校成绩斐然。以诗化力是诗教的较高层级，只有化力才能把诗词创作和活动长久地坚持下去。以诗化力在不同的行业和单位有不同的重点，在学校就是要化为好的教学成绩。正如前面提到的，城南中学的高考成绩每年都是全区第一、全市前茅，培养了一批又一批优秀人才。这就是以诗化力的显著成果。

邓辉是一个极其懂得生活的人。生活的一种高境界是诗意栖居。让自己的身心经常处在诗意的环境和氛围里，让诗词中的快乐叠加，让生活中的伤痛在诗词中得到抚慰和医治。叙利亚诗人阿多尼斯说："是的，生活的每一天都是有毒的。但是，在每一分钟我们都可以找到解药。"对于诗人来说，诗就是最好的生活解药。例如，李白听说王昌龄被贬，心情很不好，于是写了"我寄愁心与明月，随君直到夜郎西"（《闻王昌龄左迁龙标遥有此寄》），既排解了自己胸中块垒，也安抚了王昌龄的失意心灵。南唐后主李煜的"问君能有几多愁？恰似一江春水向东流"（《虞美人》），是他在自己人生最低谷的时候，用诗词来当"解药"的例证。

邓辉也一样，他在青少年时代和自己创业的早期，都经历了许多困难，甚至是苦难。他的有些诗也是用来排解"生活之毒"的。邓辉说过："我从1968年就开始写诗，写了很多，但写不太好。既然写不太好，又为何要坚持呢？那是因为生活中有太多太多的忧喜，总得找个出口，一吐为快方可释怀，而诗词又恰是让我倾诉的最好载体。"说写不太好，是谦虚。如果从个人的角度看，一个人能够自如地用诗词的形式表达情感，就已经很不一般，如果再能用它排忧解难，就更难得了。我们来看邓辉是如何用诗词解忧的。一次，他在医院排队挂号、候诊、取药，难耐之余，写下了《等候》："长廊候诊久徘徊，渴望门开总不开。焦躁情如煎沸水，病灾未了长心灾。"这其中有为自己解忧的成分，更有为其他患者着急的因素。还有一次，他病愈出院，心情舒畅，立即赋诗一首《出院有感》："阴霾散尽见天清，涧碧梅香鸟弄晴。冬冷何来春意暖，只因不再唤医生。"有时，他还在生活无奈时，用诗词自嘲以解压。例如《整理药箱》："瓶瓶盒盒一藤箱，没有金银有感伤。不是时珍与思邈，如今也要试千方。"可以说，用诗词来化解生活的苦味是聪明之举。

当然，邓辉也以写诗为乐。如他的《冬夜改诗》"半夜方眠又起身，飕飕朔气雾沉沉。拼将铁杵消磨细，绣出河山万里春。"再如他的《改诗夜吟》："野客无才且自知，难登极顶掘珍奇。夜携明月寻新路，晨掬霞光染旧词。但得心花开一朵，不愁银发落千丝。行吟道上狂痴苦，夜伴孤灯疗细疵。"甘做诗痴，以诗为乐，得好诗便如中大奖一样高兴，这不正是诗意地栖居吗！

我曾经说过，诗要有灵魂的参与，也就是说，一个真正热爱诗词的人，应该深入灵魂深处。我感觉，邓辉就是这样一个人。他个人出资，多年为一个民办诗词刊物的编辑发工资，以支持诗词事业。还在许多方面默默无闻地为诗词事业做贡献。如果不是从骨子里、从灵魂中喜欢诗词，怎么能做得到？记得前几年为他写过一首诗，也提到了灵魂问题，抄在这里，作为结束语：

孤儿院里度童年，浪迹城乡苦百般。

伐取山荆编梦想，撷回虹彩绘家园。

情牵时雨滋桃李，爱借东风绿讲坛。

一担诗书挑万里，灵魂必定有双肩。

2022 年 4 月 26 日于北京

作者简介：

刘庆霖，黑龙江省密山市人，1959 年出生，曾任某部政委，上校军衔。退役后，历任《长白山诗词》副主编、国务院参事室中华诗词研究院《中国诗词年鉴》执行副主编。现为中华诗词学会副会长、《中华诗词》副主编，著有《刘庆霖作品选》（诗词卷、理论卷）等。

序 三

诗情贯天地，匠心鉴日月

杨志学

邓辉先生将其诗集《郢匠薪传》编订，拟交付出版社出版之际，希望我能为之写篇序文。我在欣然应允之后又略有些踌躇。踌躇的原因在于邓辉先生是写作旧体诗的行家里手，他出版的是一部旧体诗集，而我诗歌写作的兴趣则基本上在新诗方面，我之前评论的对象也限于新诗领域。但转念一想，新体诗、旧体诗虽然各成壁垒，采用的是两套语言规则，但它们用的都是汉语，写出来的都是诗，且二者在谋篇构思、形象思维、比兴寄托、以少胜多、起承转合等诸多方面都是相通的。再者，在赏评旧体诗的时候若能参之以新诗的经验，这样也许还可以化不足为优势。还有，我曾有在大学课堂讲授多年古典文学的磨炼。这样，我对邓辉旧体诗写作与古诗之间的传承也会多一些体会。如此看来，邓辉兄让我作序也便自有其道理，我也就恭敬不如从命了。

作为与邓辉先生交往多年的朋友，我见证了这部书里不少诗篇的诞生。现在手机交流方便多了，邓辉兄作为一个喜怒形于色并喜欢与人分享成果的人，往往在第一时间把新作发给朋友并渴望得到朋友们的回应。有时候他也不管时辰，哪怕是午夜时分，他手指轻轻一点就发出去了。他是完成了发送一方的任务，至于接收一方的反应及反应的快慢就只能悉听尊便了。

我就常常在早晨醒来打开手机时收到邓辉先生的新作，多数来不及给他回复，而他也完全不计较。有时候我还没有顾得上读他发来的新作，他很快又把此诗的修改稿发过来了，可见他对于诗的认真态度和推敲功夫。

这部诗集有个特点，就是集子里的所有诗作

全都附了赏析或点评文字。如此体例，不仅在作者与评者之间形成深层交流和感应对话，而且对广大读者的阅读理解也带来助益，呈现出诗歌从产生到接受的完整链条与环节。按照接受美学的观点，未经阅读的诗歌只是文本而已，有了阅读方可称为作品。邓辉的诗不仅被众人阅读了，而且被多人写出了赏析和点评，这些赏析和点评在字数上还远远超出了诗作本身。这也属正常。

　　说到赏析和点评，这二者是有区别的。点评往往是三言两语，高度概括地点出诗的妙处；而赏析则是有所展开的欣赏与分析。它们在篇幅上不同。赏析与点评结合，长短搭配，显示了不同的阅读景观与审美体验，也在一定程度上展示了作者与评者之间交流互动的真实场景，更收获了文朋诗友间的一份真诚可贵的情谊，让人仿佛看见了类似古代文人雅士之间的那种"奇文共欣赏，疑义相与析"的高山流水般的美妙情境。

　　就这部诗集里的赏析或点评文字来看，也有一个特点，那就是一首诗往往有多人赏评。这样做的一个好处就是更能诠释"诗无达诂"的诗歌本质，以及见仁见智的接受规则。

那么，多位评者为何乐于为邓辉诗歌写出这么多赏评文字呢？我觉得似可归结为以下几个方面的因素：

一是缘于邓辉先生的真诚。邓辉的诗，全是他一腔真情的倾泻，不加粉饰，浑然天成，具有一种贯穿天地的气势，亦见出诗人的胸怀与境界。所谓"诗如其人"是也。读邓辉的诗，仿佛看见了他的人——他的音容笑貌，他的喜悦、悲伤、忧虑、沉思、神往等，全都写在诗里，具有一份天然的打动人心的力量。

二是缘于邓辉诗歌的匠心。无疑，邓辉的诗是善于剪裁的，是讲究章法的，也是注重构思和切入角度的，从中颇能见出其作诗的用心和修养，亦见出其独特的审美趣味和艺术个性。邓辉的艺术个性就是师古而不拟古，在尊重传统的同时更注重现代精神的注入。就传统诗词写作而言，匠心绝不仅是雕章琢句、对仗平仄之类，当其运用自如时就是不见了限制，仿佛日月运行般自然。邓辉的诗就是在对形式的娴熟把握和对艺术规律的不倦探寻中，表达出深刻的人生思考和入世情怀，努力做到意随笔至、情与物偕，绝不因追求辞章而损害思想，而往往是以思想去驾驭和调整辞章。

三是缘于邓辉诗歌的精神内涵与价值追寻，形成难得的筋骨与温度。邓辉先生一生追求教育报国，虽道路曲折而初衷不改且志向弥坚，这是他教育事业取得成功的原因之一，也是他人格中特别感人的部分。邓辉的爱心，从大的方面看就是爱国之心。具体来说，就是爱教育事业，爱每一个学生和每一个教职员工之心。这也是作为一个校长、一个教育集团负责人的天职。当然，他也爱自己的家人和亲朋好友。邓辉的爱心与追求，体现在他的言语、行动、奋斗以及所取得的成就中，也通过他的一颗诗心和一支笔，融入他的每一首诗里。

之前，我已有幸成为这部诗集的赏评者之一，为诗集里的部分作品写下了评论文字，现在，又应作者邀请为此书作序，对诗集的总体风貌也有了概览。点与面的结合，让我对邓辉的诗与人都有了更多的认识，故写出以上体悟，就正于广大读者和邓辉先生本人。

2022 年 7 月 10 日于北京东黄城根

作者简介：

杨志学，笔名杨墅，文学博士，中国作家协会会员，历任解放军外语学院副教授、《诗刊》编辑部主任、中国诗歌网负责人等，现任中国作家出版集团文学与出版管理部主任。著有诗学专著《诗歌：研究与品鉴》《诗歌传播研究》、诗集《在祖国大地上浪漫地行走》、诗与论合集《心有灵犀》、诗歌赏评集《谁能留住时光》等。主编《朗诵中国》《中国年度优秀诗歌》等 20 多部诗集。曾应邀担任鲁迅文学奖和其他重要诗歌奖项的评委，诗歌作品获《上海文学》奖等奖项。曾受中国作家协会委派，任中国诗人代表团团长，出访塞尔维亚。

自　序

闲适堂主：邓辉

　　愚幼孤贫。入读初中三月被精简。为谋生计，浪迹江湖六载。此六载，居无定所，食不果腹，衣难蔽体，几为饥寒致死者数也。即如是，愚仍负书一筐，街边、桥下伺机苦读，尤嗜读唐诗宋词。

　　愚拙词《浪淘沙·忆昔》下阕中，曾云："聚散也匆匆，共诉情衷，川南陕北又黔东。流浪难抛书一篓，贫苦用功。"尽管此词以意境论，似未入流，然此乃愚颠沛于江湖之写真。

　　后于大足城南务农十载，昼耕夜读。其时入眼多块垒，欲喷而泻之，然终无泻之法，于是乎，将非诗词而自诩为诗词者，胡乱涂写一气。

2011 年，已年过花甲之愚，方知好诗者，并非能吟出好诗。于是便渐习韵律，虽大有东施效颦之态，亦不揣浅陋，朝暮习之。

所幸者，因习韵律，得识京中江岚、刘庆霖、杨志学、郭云、刘宝安、刘先森，近年又有缘得识商震、王冰诸大家。因近其朱而濡吾于赤，近其蓝而染吾于青。一言以蔽之，受益颇多。

然，京中诸君之长却为吾之短，因吾诗多为怒目金刚之句，而少美眸顾盼之色。

之所以如是，皆缘于吾少小孤贫，少受人青睐与尊重，而常受之白眼与鄙视。此其一也。

愚少小虽孤贫，却偏怀云心，从不悲命舛，亦不甘沉沦，故以挣扎拼搏为常态。如是桀骜，岂能不流于笔端而形于诗文乎？是以吾之诗，激昂句众而温婉语寡也，此若为当下诗词界之青睐，则为怪哉矣！

愚幼穷窘，稍长入城南，躬耕山乡，时迷茫不知所终，故好读诗醉酒，曾有诗句云：对月长吟诗下酒。亦有《忆昔诗佐酒》一诗为证，诗云：

一杯冷酒十行诗，高唱低吟觅子期。

工部佳肴香混沌，乐天陈酿醉迷离。

萧萧雨雪当年式，滚滚风涛过去时。

枵腹充饥餐锦绣，醺醺起舞独狂痴。

喜读嗣后便试写，后竟为此而痴迷。

愚正式出版之《闲适堂诗词选》及非正式付梓《闲适堂风雨集》，共收集诗词三千余首，若究其特点，愚以为有三：一题材广泛；二有烟火气；三无论写景或人、抑或遣怀，无一不彰显或隐含是非爱憎，不痛不痒之句，纯风花雪月之气似乎与愚诗无缘。

欣逢盛世，多为卿云之调应为当然之事；然，知今是昨非，以昔为鉴，为烛今日，亦未尝不可。

值此《郢匠薪传》及《闲适堂·刘余集》付梓之际，赘以数言，以为《自序》。若有谬误，敬候大师巨椽指正之。

壬寅仲夏于重庆大足

目　录

三亚湾^①登山

因羡鸥飞远，为追鹿骋遥^②。

眼前三丈地，身后万寻^③涛。

雾嶂重重险，云梯步步高。

摩天峰上望，碧海涨诗潮。

注释：

①三亚湾：指位于海南岛三亚市的三亚湾度假区。

②鹿骋遥：传说黎族青年追一头鹿到南海之滨，坡鹿面对大海，无路可逃，回头一望，变成一位美丽的黎族少女，此山因而被称为"鹿回头"。

③寻：古代长度单位，八尺为一寻。

【刘庆霖赏析】有人说，绝句的关键是转结二句，律诗的关键是中间两联。此言虽有一定道理，却不尽然。诗的起句也很重要。我认为，这首诗便是前二句起得好，才使全诗赫然生色。作者是重庆人，为什么偏偏要到海南的三亚湾去登山呢？诗的前二句不但开门见山地交代了这一问题，而且还带出了三亚湾的环境特点。"因羡鸥飞远，为追鹿骋遥。"三亚湾三面朝大海，众多海鸥栖居；三亚湾的山有"鹿回头"的美丽故事。所以诗人说：因羡慕海鸥领地，为追随神鹿的足迹，才到遥远的三亚湾来登山。有了首联的铺垫，接下来的领联和颈联就呼之欲出了："眼前三丈地，身后万寻涛。雾嶂重重险，云梯步步高。"语句跌宕，意境壮阔，极真极切，在前人登山诗中亦未曾见。尾联写顶峰回首，遥见沧海茫茫，浪花、诗花一起涌现，海潮、心潮一样高涨。千古一瞬，唯有诗人见证，岂不妙哉。

由此可见，诗的起句写得好，就会像衣领一样提振全衣，使整首诗顺畅。

渔者

日月涛中过，风霜度五津①。

摇船轻恶浪，撒网重银鳞。

后舵观弯直，前梢拨浅深。

沉浮多少事，试问打鱼人。

注释：

①津：渡口。五津，四川岷江古有白华津、万里津、江首津、涉头津、江南津五个著名渡口，合称五津。这里泛指江河的渡口。

【刘庆霖赏析】诗人将视线放在了沱江之上的打鱼人身上，通过书写渔人的生活，勾起对世事艰辛的感慨。整首诗结构严谨，思路清晰，言之有物，余味绵长。首联"日月涛中过，风霜度五津"，从总体上交代打鱼人的生活，入题迅速，没有闲字。"日月涛中过"，实质上是说日子一天天地在波涛中度过；"风霜度五津"，是说无论风雨霜雪都不离开江河和渡口。"五津"出自王勃诗句"城阙辅三秦，风烟望五津"。四川岷江古有白华津、万里津、江首津、涉头津、江南津五个著名渡口，合称五津。这里泛指江河的渡口。颔联和颈联具体写打鱼活动，"摇船"、"撒网"、摆"后舵"、调"前梢"，几个动作连贯排出，加之"观弯直""拨浅深"，使渔人的船上生活活灵活现，如在眼前。更值得一提的是，中间两联一语双关，还蕴含着丰富的人生哲理：不管你人生中的风浪多么险恶，只要你的前梢、后舵能看清"弯直"，看清是非曲直，能把握住轻重缓急，那么，你还有什么是不能战胜的？最后，用"沉浮多少事，试问打鱼人"收结，忽然让渔者的生活有了历史纵深感，也把渔船的沉浮扩展到了世事的沉浮，使整首诗变得厚重起来。这首诗的另外一个特点是脱离了赞美式的"渔歌唱晚""满载而归"的普遍写法，诗中除了渔人的打鱼活动，没有其他"杂音"，读后令人沉思，使人沉静。

【樵夫点评】窃以为此诗语带双关，首联既指渔人之生活，亦指渔人在困难（波涛、风霜）中拼搏。但在渔人眼中，恶浪不足虑，更看重的是在与困难的拼搏中有所获（银鳞），所以只要能观弯直，能知浅深，就无论升降沉浮。个中滋味，打鱼人自知也。故樵夫以为此诗乃为以"渔者"为明线，以诗人心志为暗线，抒发了不畏世事艰辛的豁达心态。此诗称得上隽永、含蓄、深沉、明志的抒情佳构。

古寺青檀①
——赠高中 2016 届全体师生

挺拔古青檀，葱茏已忘年。

根伸崖石破，干立雾空②寒。

正气甘贫贱，禅心③乐困难。

不知尘世客，几个可齐肩？

注释：

①青檀（tán）：一种树，常生长于山谷溪边。

②雾空：迷雾笼罩的天空。

③禅心：这里指清静安宁的心。

【刘庆霖赏析】这是一首咏物诗，虽然副题写着"赠高中 2016 届全体师生"，但它还是咏物诗，只是作者想用这首诗与本校高中 2016 届全体师生共勉。咏物诗的特点在于托物言志或借物抒情。刘熙载在《艺概》中说："咏物隐然只是咏怀，盖个中有我也。"意思是说，咏物诗只是借物咏怀，其中抒写自我的成分较多，要诗中有我。屠隆在《论诗文》中认为，咏物诗"体物肖形，传神写意""不沾不脱，不即不离"。也就是说，咏物诗要写出物的形象，而且要传神达意。这个传神达意还要与物之本性"不沾不脱，不即不离"才是恰到好处。现在，让我们来看邓辉这首《古寺青檀》。此诗的前四句写实，即屠隆所说的"不脱""不离"。"挺拔古青檀，葱茏已忘年。根伸崖石破，干立雾空寒。"清楚地交代了这棵青檀古树的基本情况。据说，青檀树喜生于山麓，适应性较强，喜钙，其根系发达，常在岩石隙缝间盘旋伸展。所以，诗中"根伸崖石破"，便是抓住了这一特性。诗的颈联体现了"不沾""不即"，即从青檀树的本性宕开，言"正气甘贫贱，禅心乐困难"。一棵树不会有什么"正气"和"禅心"，更不会"甘贫贱"和"乐困难"。实质上，这一联作者已经开始借物咏怀，"盖个中有我也"。当然，这一联也没有完全脱离青檀树的本性。试想，青檀并不是名贵树种，不像紫檀树那样昂贵，又长期陪伴古寺青灯，说其"甘贫贱"也不为过。而长期生长在古寺之中，天天听着诵经之声，也未必没有一点"禅心"。北京潭柘寺有一座"虎塔"，据说葬着一只因听经而吃素食的老虎。诗的尾联直抒作者情怀："不知尘世客，几个可齐肩？"这一问，显然不是实指树与人的高度而言，因为成龄的青檀树一般都有 20 米高，人是无法与之比肩的，无须再问。作者要问的是人的境界，有几个可与青檀树（境界）比肩？至此，我们才明白作者为什么要把这首诗"赠高中 2016 届全体师生"了，他是想让这些师生也像这棵青檀树一样"甘贫""乐困"。因为，孟子说过："天将降大任于斯人也，必先苦其心志，劳其筋骨，饿其体肤，空乏其身，行拂乱其所为，所以动心忍性，曾益其所不能。"（《生于忧患，死于安乐》）邓辉这个校长诗人，写这首诗用情深厚，是想让他的师生们将来都能与这棵青檀树比肩齐高！

【樵夫点评】诗人极言青檀之良质，实盼其门墙诸生修成坚忍不拔、淡泊名利、秉持正气与初心、克服万难的"现代青檀"。尾联不正是表达了诗人殷殷之意乎？

梦回凉山①

凉山漂泊日，雨雪漫行程。

峰险钻天笋，溪弯套马绳。

清风芳草味，米酒故人情。

四十年前事，追思梦五更②。

注释：

①凉山：指凉山彝族自治州，诗人 1975 年曾在凉山普格县务工。

②更：旧时夜间计时单位。一夜分为五更，每更约两小时。五更，接近早晨五点。

【刘庆霖赏析】作者 1975 年曾在凉山普格县务工，但诗中却看不出对那段艰苦生活的抱怨，而只是说"凉山漂泊日，风雪漫行程"，一带而过，十分轻松；相反，诗中饱含了对凉山深情的回忆。这可能就是作者"眼底风云读懂时，自家烦恼不须说"

的境界。是啊，40年前的事，被一个梦勾起，便很难再放下。不过，一首40字的诗却装不下太多的风土人情。所以作者巧妙地进行"精简"，只取两个方面。一是给自己留下深刻印象的凉山山水面貌，"峰险钻天笋，溪弯套马绳"，极其形象、凝练而活脱。可以说，这是今人诗句的佳构。二是凉山给自己留下深刻印象的人情世故，对那曾经养育过自己的土地及乡亲用感恩的诗句言道，"清风芳草味，米酒故人情"，读后口舌生香。整首诗层次分明、结构合理、词语凝练、深情有味，堪称佳作。

【樵夫点评】诗人曾私与余云：普格数月，备尝人情冷暖，艰难困苦，亦曾受人之恩，故于2020年11月故地重游时，寻觅故旧一下午。可见诗人《梦回凉山》非虚情假意。

山村小景

清新山野气，幽雅少喧哗。
屋后千竿竹，门前几亩瓜。

苍崖悬^①白练^②，碧涧映黄花。

疯闹顽童趣，搓泥满脸沙。

注释：

①悬：悬挂。

②白练：白色的绸绢，这里用来比喻瀑布。

【刘庆霖赏析】欧阳修在《六一诗话》中引梅尧臣语"状难写之景如在目前，含不尽之意见于言外"，这句话几乎成为评论诗词好差的标准。其中道理自不必说了。这首诗中便有"如在目前之景"和"不尽言的言外之意"。一个山村小景在一首诗中体现，自然要经过裁剪、取舍和加工。诗的首联"清新山野气，幽雅少喧哗"为总领，概括地说明"山村小景"的状况。诗的颔联和颈联为分说。其中颔联侧重村中面貌，颈联侧重村外环境。诗的尾联为总说，突出村中人物的活动。全诗层次分明，内容繁而不乱。值得一提的是"疯闹顽童趣，搓泥满脸沙"一联，这是古诗词中惯用的以儿童表现生活的手法。例如："儿童急走追黄蝶，飞入菜花无处寻。"（杨万里《宿新市徐公店》）；"最喜小儿无赖，溪头卧剥莲蓬。"（辛弃疾《清平乐·村居》）；"牧童骑黄牛，歌声振林樾。意欲捕鸣蝉，忽然闭口立。"（袁枚《所见》）；"童孙未解供耕织，也傍桑阴学种瓜。"（范成大《田家》）；等等。儿童最为活泼，最有生机，正处在"没心没肺"的阶段。所以，儿童入诗，多半有趣。"疯闹顽童趣，搓泥满脸沙"，有趣而含不尽之意，足以见得作者已神会诗的表现之道。

第三十二个教师节贺同仁

雨洗良辰美，风传礼赞声：

心宽悬①万事，笔直送三更。

非有衔枝②志，难埋泣血③诚。

苍溟④填未尽，不计利和名。

注释：

①悬：牵挂。

②衔枝：指精卫填海。陶渊明《读山海经》中有"精卫衔微木，将以填沧海"，此处用以表明对

教育的执着追求。

③泣血：即杜鹃啼血。传说古蜀国贤王杜宇，很爱百姓，死后灵魂化为杜鹃鸟，每年春季飞来催促百姓劳作，嘴巴啼得流血，滴滴鲜血洒在大地，染红了漫山的杜鹃花。此处借比爱学生。

④苍溟（míng）：大海。

【刘庆霖赏析】这首诗连用两个典故，赞美教师们像杜鹃泣血一样，真诚地热爱教育事业，甚至连灵魂都要为这个事业奔走呼号；同时，又像精卫填海一样，从一枝一石做起，不畏艰辛，不计名利，矢志不渝。许多人不赞成在诗中用典，这也是偏见。用典往往能沟通今古，增加诗的内涵，但用典自然晓畅方佳。此诗用典堪称佳构。

尾句"苍溟填未尽，不计利和名"，我的理解，不是要求人们完全不计名利。因为"苍溟填未尽"，理想尚未实现，所以才需要忘却暂时的名利，求得长远的大名。于右任曾有一副对联："计利应计天下利，求名当求万世名。"这是正确的名利观。国家之利，天下之名要计，把自己的名利融入家国天下的名利之中，"利在国家方欲得，名归天下敢思争"，应该也是教师们的理想。"得天下英才而教之"，只求桃李满天下，已忘自己的利和名，最终收获"风传礼赞声"，乃一大快事。

赠守望在最高乡的边防官兵

无春秋与夏，日日浸严寒。

暴雪淹天地，狂风撼①嶂峦。

踏冰千里白，守土众心丹。

海拔堪②称最，巡防保国安。

报载：西藏沙空村海拔5600米，比珠峰大本营还高，这里风狂雪暴，常年寒冬，年平均温度零下7℃。

注释：
①撼（hàn）：摇动。
②堪：可，能。

【刘庆霖赏析】邓辉没有从戎的经历，但这首写高原军人的诗却不错。首联总括，交代西藏沙空村边防官兵居住的环境；颔联分说，仍然侧重于环境描写，只是更加细腻和具体；颈联分说，侧重于官兵的艰苦生活与精神境界，同时还侧面描写环境，以衬托官兵的高大；尾联合说，告诉读者，在海拔极高的高原，也有人日夜巡逻、驻守，保卫着家国的安宁。此诗开合得当，平中见奇，深得律诗章法。

【樵夫点评】诗人虽居教职，然从戎之心未泯，故诗文总是气粗足而少温柔。

自省

昔年飘四海，枉①有子期②怀。

铁石销尘粉，知交③变虎豺。

都奔孔方④去，谁往阮林⑤来？

不改痴狂念，终生未学乖。

注释：

①枉：徒然；白白地。

②子期：即钟子期，春秋战国时代楚国樵夫，

与当时精通琴艺的贵族俞伯牙因琴音结识，成为至交。钟子期死后，伯牙认为世上已无知音，终生不再鼓琴。

③知交：知心朋友。

④孔方：因铜钱外圆内方，人们用“孔方”代指金钱。

⑤阮（ruǎn）林：指叔侄与亲朋好友聚饮之地。

【刘庆霖赏析】“自省”是要自我反思，反思什么？首先，“铁石销尘粉，知交变虎豺”这样的无奈之事，自己不能去做；其次，“都奔孔方去，谁往阮林来”，自己一定也要警惕；最后，“不改痴狂念，终生未学乖”，这样的坚守不能改变。

读邓辉的诗词，总体感觉真实可信，诗如其人。他从一个流浪儿变成一个卓有成就的校长和董事长，又能写出有艺术水准的诗词，实在难得。

【樵夫点评】此诗揭露了趋炎附势者，颔联、颈联此意既足且明，尾联彰显了诗人不合俗流之志，故“终身未学乖”。

与老友聚，得颔联，返而续成

懒叙当年苦，敞开今日扉。

青春心气壮，老迈故人稀。

酒淡邀朋友，茶香论是非。

相争颜颈赤，笑看晚霞绯。

【刘庆霖赏析】我们先来说点题外话，历史上有三首咏蝉的诗，自然三首皆为佳作。但后人评价却大不相同。一为虞世南的《蝉》："垂緌饮清露，流响出疏桐。居高声自远，非是藉秋风。"人谓"清华人语"。二为骆宾王的《狱中咏蝉》："西陆蝉声唱，南冠客思深。那堪玄鬓影，来对白头吟。露重飞难进，风多响易沉。无人信高洁，谁为表予心？"人谓"患难人语"。三为李商隐的《蝉》："本以高难饱，徒劳恨费声。五更疏欲断，一树碧无情。薄宦梗犹泛，故园芜已平。烦君最相警，我亦举家清。"人谓"牢骚人语"。为什么三首同题诗风格不同，后人的评价也不同呢？盖因三人的人生经历不同也。邓辉校长这首诗给我的印象是"过来人语"也。邓辉校长青年时期受了许多苦难，后来打拼成功，事业有成，但已年过古稀。此时的他与老友相聚，心态自然是——淡看过去，珍重今天，笑看未来。一首五律即由此心态展开，读者自懂，无须我再多言。

雨后晨吟

鸟唤啾啾不住声，浅黄深紫满山坪①。

谁知昨夜催春雨，调动天庭几万兵？

注释：
①坪：指平地。

【刘庆霖赏析】雨后的清晨，空气格外爽心。作者听着啾啾的鸟鸣，望着远山岫色，仿佛这一切是第一次见到，又仿佛这佳景昨天还没在这里，是天公昨天夜里调兵遣将，特意布置的春景。那么，布置这样广大的佳境究竟用了几万天兵呢？异想天开又入情入理，这样的想法只有在诗性思维的状态下才能产生。

登沱江①边无名山

岭峻谁生畏？羊肠②走老翁。

杂花摇乱树，碧涧下青峰。

浪起鸥飞白，霾消日落红。

回眸惊险道，尽入渺茫中。

注释：
①沱江：长江上游支流，位于四川省中部。
②羊肠：指崎岖难行的小道。

【刘庆霖赏析】诗人按照登山、站立山巅、下山这样一个脉络，抓住山水特点，来展现所见所感。首联写山虽然险峻，老翁亦勇于攀登，道出其执着。颔联、颈联着重描写高处所见之景，思路开阔，笔力雄劲。其中"花摇树""涧下峰"一"摇"一"下"，由缓而急；俯瞰浪起鸥翔，远眺霾消日落，一"起"一"降"，此间色彩明丽，花鲜、峰翠、鸥白、日红，营造了跌宕瑰丽的气韵。结尾"回眸惊险道，尽入渺茫中"。举重若轻，克服困难后的喜悦，采用淡淡的述说，实为上手帷幄所得。全诗结构严谨，既奔放又收结有度，前后呼应，把山水与人物的情感相融相生，道出了"世上无难事，只要肯登攀"，诠释了积极进取的人生态度。

【唐昌友赏析】本诗观察细致入微，描写生动形象。颔联"杂花摇乱树，碧涧下青峰"，一个"摇"字，拟人、灵动、富有情趣，将一角山野质朴之景勾勒出美感。颈联"浪起鸥飞白，霾消日落红"精准描写了江上水鸟被浪花惊起突然飞高，露出腹部白色的羽毛，而此时远处雾霾消净，铺满落日染红了的余晖，颇有诗意。行路途中这些既险且美的风景描写铺垫，像极了人生的起起落落、坎坎坷坷。尾联自然语意双关，一方面写实，行走得久了，蓦然回首，来时的山道早已隐入暮霭的渺茫之中，尽显道之险峻、山之高远，隐约有毛泽东"惊回首，离天三尺三"之妙。另一方面，亦是作者在回顾自己这一生走过的艰难困苦、荣辱得失，但在此时此景下，都淡忘了，模糊了，隐入如烟的岁月中去了，内心剩下的是平和，一如落日余晖之景，虽苍凉却也美不胜收……

【樵夫点评】诗人曾言："首尾呼应，旨在言老翁虽历经艰险，然都弃于无形。"尾联呈现了一个"倔老头儿"之形象。

夜思京中诗家

新冠竖子①起喧嚣，转瞬晴空涌毒涛。

冀②北封城君选韵，城南锁校我浇苗。

撕张夜幕书思念，托片朝霞寄羽毛。

指日妖氛绥靖③尽，入京煮酒慰诗豪④。

注释：
①竖子：小子，对人的蔑称。这里喻指病毒。
②冀：河北省的简称。
③绥靖（suí jìng）：安抚平定。
④诗豪：指题目中的"诗家"，作者的诗友。

【刘庆霖赏析】今年全国乃至世界的疫情，让人们关心国家和人类命运的同时，也增加了许多思念。邓辉与京中诗友情意深厚，每年都要寻找各种机会聚会，以释思念、以增友情。可是因为疫情限制了人们的出行，本来不难一见的约会变成了奢侈之事，所以，我能理解邓辉写此诗时的感觉，"像一个在惊涛骇浪中长期漂泊之后的船夫一样，高呼'陆地'"（黑格尔）。我一直以为，诗以技巧为基，写心为道。写心为道是说诗以抒发情怀为正道。邓辉应也深谙此理，因此，这首诗纯写心境和情怀。书写情怀贵在真实，而真实的情感也不能开篇直说，所以就用铺垫之法。此诗不惜用前二联28个字铺垫，将自己的情感高高托起，然后像溪流走到悬崖处一样，轰然成瀑："撕张夜幕书思念，托片朝霞寄羽毛。"万般无奈之下，诗人凭想象来寄托情感：恨不能撕"夜幕"当纸以书"思念"，委托"朝霞"做邮差以寄"羽毛"。"羽毛"除了鸟类之羽毛之意外，还代表"飞翔"和"阳光"。在此，诗人邓辉好像要把自己心中的"阳光"传递给对方，邮寄给诗友，赶走因疫情给人们心灵带来的阴影。最后，诗人对中国战胜疫情有绝对的信心，"指日妖氛绥靖尽，入京煮酒慰诗豪"，又从想象重回现实之中，期待与京中诗友一醉方休，以慰思念之心，以庆胜利之日。

【郭云赏析】这是在新冠肺炎疫情十分严峻的情况下，诗人怀念京城诗友的一首抒怀作品。邓辉是一位重情感、珍友谊、重义气、守初衷、知名度很高的当代诗人，又是一位高标敬业、低调做人、诚善交友的诗人。该作品就充分体现了诗人这种真挚深长的情感。

首联，诗人首先交代了作品的背景，既是一个时空上的定位，又形象地烘托出了当时新冠肺炎疫情的真实状况并十分委婉含蓄地为该作品埋了伏笔。

颔联是对首联的细化和拓展，是一联有真实情感的叙事与抒情统一的佳联。

在疫情严峻时期，作者用虚实相生的修辞手法，既有"冀北封城君选韵"的虚境，又有"城南锁校我浇苗"的实写，令人有生动鲜活之感。虚中有实，实中藏虚；相辅相成，浑然天成。这两句看似是叙事，其实融合了极其深刻的情感动态。

颈联"撕张夜幕书思念，托片朝霞寄羽毛"透视出作者思念友人的迫切感，好像有千言万语要倾吐而出。该联别有创意。"撕张夜幕""托片朝霞"的两个意象，构思新奇，想象不群。非此句不能吐其心声，表其挚诚。一首诗能否打动人心，能否准确表达诗人的情怀，不在于语言的华丽，而在于意象的生动鲜活。邓辉于此道十分娴熟。

尾联"指日妖氛绥靖尽，入京煮酒慰诗豪"是诗人情感的聚焦及情感抒发的巅峰，又是情感跌宕起伏的尾声。首尾两联天衣无缝。如果说首联是开场的渲染，而尾联则是平稳的落帷。此时，从"指日"到"煮酒"可以看到诗人对于战胜病毒信心满怀。该联既反映了诗人豁达的胸怀、热忱的心境，也展现了其朴实的人格修养。

全诗气韵流动自如，舒卷有序，既有磅礴之势又有委婉之妙，状物抒情既热烈明快又深宛隽永，情感纯洁挚诚，语言自然质朴，明快洗练，流畅灵动，同时用语又十分考究，擅长化古典为新生。这也是邓辉一贯的风格。

夜书《自传》遣怀

萍踪①万里任崎岖，昔日陈封莫久嘘。

掷笔三番心已碎，仰天万问气难疏②。

辛酸泪叠千张纸，苦难情成几卷书。

遭谴何须长抱恨，蹉跎③铸得一狂夫。

注释：

①萍踪：像浮萍一样漂泊不定的踪迹。

②疏：疏通，使顺畅。

③蹉跎（cuō tuó）：光阴白白地过去。

【刘庆霖赏析】这首诗是作者写《自传》时的感怀，也就是自己说给自己的话，自己安慰自己的心。我没有读过邓辉的《自传》，但对他的身世也略有了解。他儿时家境贫寒，四处流浪，饱受磨难，但经过自己艰辛的努力，不断改变命运，成为国家的有用人才，不但当上了重庆大足城南中学的校长和董事长，还成为全国民办中小学优秀校长。经历了苦难，最终破茧成蝶，能不令人感慨！邓辉写《自传》以及这首诗时，心情一定是矛盾的，一会儿说"萍踪万里任崎岖，昔日陈封莫久嘘"，劝慰自己放平心态，不要长吁短叹了；一会儿又写"掷笔三番心已碎，仰天万问气难疏"，不但"心已碎""气难疏"，而且还要"万问"，终不释怀；而接下来似乎又在抚慰自心，"辛酸泪叠千张纸，苦难情成几卷书"，泪叠纸稿，情已成书，艰难困苦，玉汝于成；最后，诗人简直对自己遭受的一切磨难感到自豪了，"遭谴何须长抱恨，蹉跎铸得一狂夫"，用"一狂夫"聊以自慰。全诗严守七律章法，首联总括，二、三分写，尾联总结。情感一唱三叹，感人至深。

【郭云赏析】从标题可知，这是一首抒情作品。诗人一生走过的历程太艰难了，可谓印迹肝胆、刻铭心扉。这些陈年旧事本想不"嘘"了事，但还是不禁喟然长叹，感伤不已！

首联意象突然崛起，如爆竹一声干脆利落，并自然地引出下面的颔联与颈联的具体情绪。

"掷笔三番"欲搁笔不能，欲写不得，矛盾情绪明快逼真。尤一个"碎"与"疏"用得十分精彩，其意象生动鲜明，准确到位。如读者身临其境的观感！作者从两种心理表现，勾画出自己的矛盾心理活动，并使之外化为形象。

颈联其意象有连贯性只是调换了角度，使作品的虚与实、景与情贴切、融合、自然。诗人用错综、参差的修辞手法，巧妙地把上下两联排列得错综互补、纵横相衬，把那万般心酸、触目惊心的旧事，剥离得淋漓尽致，并富有层次和感染性。"泪叠千张""情成几卷"可谓刻骨铭心矣！

尾联诗人笔锋回转。那些无限辛酸的历史，使其感伤之情欲平还涨、欲落还起。

结尾虽有平浅之感，但意味深长。尤其是"一狂夫"用得含蓄深沉，"狂"可贬、可褒，可见这里一个"狂"字足以见证诗人气度之阔、性情之豪爽也！诗人在结尾处给读者留下了一定的空白，足以让读者任意想象了。

该作品有一气呵成之势，情感流畅，脉络贯通，笔锋回环，是修辞灵活多举的一首佳作！

【樵夫点评】闲适堂主曾私语余：吾遭天谴之困厄，如恒沙不可计数，然不为困厄而蹙眉折腰，一狂也；吾以小学毕业之资质，敢执初中教鞭数十年，二狂也；吾立身于世，无论穷达之时，均放胆面道人不敢道者，三狂也。有三狂在，岂不是狂夫一介耶！

笔架山公园写真

又抚琴弦又唱歌，翩翩起舞影婆娑①。

远观疑是穿花蝶②，飞去飞来半草坡。

注释：

【题解】见一群老年妇女在笔架山公园举行迎春歌舞会有感。

①婆娑：盘旋舞蹈的样子。

②蝶：古入声字。

【刘庆霖赏析】中华诗词中，相对于农村题材和山水题材的诗来说，城市题材的诗就少了许多。这是为什么？因为城市题材不好经营，难以写好。况且，韩愈说过："欢愉之词难工，愁苦之词易巧。"这首诗不但写城市题材，而且写欢乐场面，是从难处入手，实属不易。这首诗的优点有三：一是表现了美，把公园抚琴、唱歌、跳舞的人比喻成草地上穿花的群蝶，让人联想到生机盎然的春甸，是一种大美而非小美的展现；二是有现场感，"抚琴唱歌""翩翩起舞""远观疑是穿花蝶，飞去飞来半草坡"，让人有身临其境的感觉；三是表现了现实的和谐和人们的幸福。此诗表现现实仿佛不露声色，用"写真"的手法，既不夸大也不缩小"现实生活"，既令人信服，也耐人寻味。这首小诗由公园的"一角春天"，使人联想到"千里莺啼绿映红"的神州春色，妙也！

【江岚赏析】公园是集体活动繁多的场所。起句连用两个"又"字，一开始便给人以眼花缭乱、目不暇接的感觉，现场感很强。次句写舞影翩翩、身影婆娑，也极具形象感。第三句在次句的基础上再递进一层来写。其实，从次句只见"影"不见人，就可以看出作者必然是在"远观"。唯其远观，才会"疑是穿花蝶"，从比喻的角度进一步描绘舞影之美妙。有了前面充分的铺垫，结句就更显得绘声绘色，异常生动。从整首诗来看，白描固然可取，而准确生动的比喻可以说是这首诗之所以成功的诀窍，可见比喻得好，可以取得以少胜多、事半功倍的效果。

过故人庄

久在参商①道，重逢两鬓花。

呼儿烧腊肉，唤女摘鲜瓜。

冰盏茅台酒，玉壶龙井茶。

醉言忧股市②，谁复话桑麻。

注释：

①参商：指的是参星与商星，二者在星空中此出彼没。这里指很久没有来往。

②股市：股票交易市场。

【刘庆霖赏析】过故人庄，乃言"到故人犹居村庄拜访"，"唤女摘鲜瓜"佐证之。然"冰盏茅台酒，玉壶龙井茶"所写，又不是一般的农家，起码是个富裕的农家。结尾出人意料地说"醉言忧股市，谁复话桑麻"。为什么农家不话桑麻，反忧股市了呢？我猜想，原因之一是农家吃穿不愁，桑麻收成如何，已不再是农家茶余饭后的主要话题了；原因之二是农民视野开阔了，城中楼市、城中股市、城中人事也常在谈论之中了；原因之三是农人不只是关心，也可能参与其中了。一首小诗道出了如此之多的现代气息和农家变化，堪称佳作。

【樵夫点评】古今语言非为鸿沟不可逾越。景、言何分今、古，唯以优劣为择言之标准。眼下以今语入诗者，不在少数，然味寡意薄者亦不在少数。

意外

龙钟①花甲②后，大小病连环。

祸福三张纸，辛酸五味笺③。

阴阳④排左右，好歹报危安。

意外逢仓扁⑤，已无脂肪肝⑥。

注释：

①龙钟：形容身体衰老、行动不便的样子。

②花甲：指60岁。

③笺：写信或题词用的纸，这里指医生开处方的纸，即处方笺。

④阴阳：旧时指人生在阳间，死后到阴间，此处借指生死。

⑤仓扁：仓公扁鹊的并称，泛称良医。

⑥脂肪肝：一种肝病。

【刘庆霖赏析】古人有讳疾忌医者，然而邓辉却往往小病大看，并把它写在诗中。不过，诗却写得真实。"祸福三张纸"，无非是挂号单、交费单、体检报告单之类，"辛酸五味笺"，可能是处方吧。"阴阳排左右，好歹报危安"也写得真切。不过，这些都不是最主要的，作者要说的是"意外逢仓扁，已无脂肪肝"。本来是去医院看别的病，却意外地把脂肪肝治好了。"仓扁"，作者自注是汉代名医仓公，春秋名医扁鹊。

【樵夫点评】诗人并非小病大看也，因其常曰："吾不畏死，然绝不找死。"此语可做解此诗之钥匙。

山乡农民

脚踏青峰头顶天，如椽①巨笔写河山。

高栽果木低栽稻，僻壤也成伊甸园②。

注释：

①椽（chuán）：椽子，承托屋面用的木构件。

②伊甸园：《圣经》中亚当和夏娃的原居地，此处指地上的乐园。

【刘庆霖赏析】这首诗的结尾出新出彩，内涵丰富，用典自然，饶有诗味。根据《旧约·创世纪》记载，上帝耶和华照自己的形象造了人类的祖先男人亚当，再用亚当的一根肋骨创造了女人夏娃，并让第一对男女住在伊甸园中。伊甸园在《圣经》的原文中含有乐园的意思。这首诗说山乡的农民虽然住得偏远，但他们家庭富裕、环境清幽，就像上界的伊甸园一样美丽。

【樵夫点评】诗人曾私语余：此诗乃吾之幻化

之梦境，亦是当今相当多的农村之现实。

江干①闻笛思北京诸君

送暑偷南渡，初凉叶渐知。

风摇千树影，月碎一江诗。

横笛清吹远，行人浅笑痴。

托将流水意，寄往北京西。

注释：
①江干：江边。

【刘庆霖赏析】一看题目就很亲切，"北京诸君"应有我的份儿，再读全诗，更加高兴。"托将流水意，寄往北京西"，我正寄居于北京西山脚下也。谢谢邓辉君，诗中笛音，已在香山脚下闻得；连同君之秋江凉夜之身影，也从一江碎月之中拼得出来。邓辉君是重情重义之人，因此写赠答之诗较多，不但多，而且意邈。缘何？因为情真也。

等待

长廊候诊久徘徊，渴望门开总不开。

焦躁情如煎沸水，病灾未了长①心灾。

出院有感

阴霾②散尽见天清，涧碧梅香鸟弄晴。

冬冷何来春意暖，只因不再唤医生。

整理药箱

瓶瓶盒盒一藤箱③，没有金银有感伤。

莫为枯藜④悲老病，犹⑤欣桃李尽芬芳。

注释：

①长（zhǎng）：此处指患病。

②霾（mái）：指因大量烟尘形成的浑浊现象。

③藤箱：用藤条编成的箱子。

④枯藜（kū lí）：藜杖。老翁常杖藜，此处指年老了。

⑤犹：还，尚且。

【刘庆霖赏析】邓辉兄习惯用诗词解忧。他曾说过："我从1968年就开始写诗，写了很多，但写不太好。既然写不太好，又为何要坚持呢？那是因为生活中有太多太多的忧喜，总得找个出口，一吐为快方可释怀，而诗词又恰是让我倾诉的最好载体。"说写不太好，是谦虚。如果从个人的角度看，一个人能够自如地用诗词的形式表达情感，就已经很不一般了，如果再能用它排忧解难，就更难得了。此三首诗既有为自己解忧的成分，更有为其他患者着急的因素，甚至还用诗词自嘲以解压。好诗！

【樵夫点评】《等待》为众患者呐喊，《出院有感》为自己庆幸，《整理药箱》则为一个老者的自慰。总而言之，闲适堂主之诗不像眼下诗坛风帆高扬之

"阳春白雪"，而是关注生活，是地气融融之"下里巴人"。

梦游山得首颔，醒续以成

苍松山顶屹，落照独依林。

鸟傍高枝唤，溪穿薄霭①吟。

乘风贪皓月，破雾响禅音。

何处清修地，能安一片心？

注释：
①霭（ǎi）：云气，雾气。

【刘庆霖赏析】所谓信手拈来皆有韵，此诗可见一斑，标题直指首联、颔联乃梦中游山赚得，不觉引起读者好奇心，他在梦中看到了什么。"松"之屹于岭上，"落照"之偎于林杪，此为一静；"鸟鹊"唱于枝头，"溪水"吟于山谷，此为一动；堪称佳梦。余亦曾有几次梦中得句之时，此可谓诗人的幸事。然而，能把梦中佳境补得天衣无缝，并不容易。所谓好诗当气脉相连，一以贯之，且无凿痕，颈联、尾联便是。"乘风贪皓月，破雾响禅音"，落照后吹风赏月，浴露中天籁如禅，是真正的安心清修圣地。

诗人庞德说过："技巧是对真诚的考验。"从此诗中看到诗人的激情与苦行，培养了他的灵感与技巧，诗人把诗词当作灵魂的家园，于庞杂的尘世之外，赖以修心的一隅。短短四十字，由景入情，动静相和，由无我之境到有我之境，写得极其安静，且线条清晰流畅。

【江岚点评】明代谢榛《四溟诗话》论"诗家四关"云："凡作近体，诵要好，听要好，观要好，讲要好。诵之行云流水，听之金声玉振，观之明霞散绮，讲之独茧抽丝，此诗家之四关。使一关未过，则非佳句矣。"验以谢氏之说，这首五律可谓四关俱过。

【樵夫点评】此诗以反诘句结尾，均为评者所忽略。而吾意以为：此诗以说梦境而展示诗人面对想象丰满而现实骨感的无奈。

吃野苦菜有悟

琼茎玉叶出深山①，热熟凉生各入盘。

细嚼②方知人世味，绵绵苦过有余甘。

注释：

①出：古入声字。

②嚼：古入声字。

【刘庆霖赏析】诗贵在以小见大，生活中的小事小物也往往蕴含大道理、大境界。作者能从一盘山野苦菜中拈出人生的大境界，且说得入情入理，着实难得。尾句"绵绵苦过有余甘"，非真正吃过苦的人道不来也，非真正懂得生活的人道不来也。小诗自然流畅，看似浅显，实则深邃。

【江岚点评】此诗若出自他人，或许是故作深沉之论。但对于少年曾经饱受磨难的作者而言，却显得格外真实有说服力。遣词工稳，音节清脆，立意深刻，堪称佳作。

玉

隐姓埋名亿万年，沉沉重压忍摧残。

守身不使冰心①变，终使人间刮目②看。

注释：

①冰心：纯洁明净之心。

②刮目：指另眼看待，用新眼光看人。

【刘庆霖点评】习近平总书记说："学诗可以情飞扬、志高昂、人灵秀。"诗是可以用来修身养性的。在作者的诗词中，经常能够感觉到，作诗就是修身、修境界。他以玉自喻，以玉自励，不怕埋名，不怕重压，把压力变成动力；坚守自己，永不变质。同时，相信世间公道，终有一天，他人会对自己刮目相看。

【樵夫点评】玉为世间珍宝之一，然而玉之所以为玉，因其甘于寂寞，甘于忍受地下漫漫无期之黑暗，敢于承受无穷尽之重压，非如此岂能为玉。闲适堂主咏此绝句，可谓内蕴深厚之励志之章。

岩隙松

——高考成绩公布后

孤峰罅^①缝松，无土也青葱。

足插千年隙，身披万仞^②风。

艰难终未弃，寒暑自从容。

蝶影蜂鸣绝，清霄月色中。

注释：

①罅（xià）：裂缝。

②仞：古时八尺或七尺为一仞。

【刘庆霖点评】这首诗不是写出来的，而是从心底自然流淌出来的。"孤峰罅缝松，无土也青葱""艰难终未弃，寒暑自从容"，坚忍不拔，自强不息；"足插千年隙，身披万仞风""蝶影蜂鸣绝，清霄月色中"，铿锵有力，诗意盎然，信心满满。

【樵夫点评】据闲适堂主说，上（20）世纪

60—90 年代，他曾用过一笔名——邓峰松。故吾认为此诗的一、二联，诗人给"松"营造了一个艰苦异常的生长环境。"孤峰""无土"之"罅缝"。但是，出人意料的却是这"松"并未枯萎而死，反而"青葱"起来了。

颔联、颈联直接回答了在"无土""罅缝"里能够"青葱"生长的原因。它之所以能在艰难困苦中长得"青葱"，是因为它自己插稳根——千年隙，不畏外力打压，敢在千仞之上披风而立；更难能可贵的是"松"的坚韧不拔、坚守初心，艰难终未弃；不仅如此，"松"自信满满，任尔寒冻暑炽，它仍从容不迫。

总之，诗人以丰满的意象，以物喻人，让一个生于贫瘠，不畏艰难困苦，守道而自信的奋斗者形象立于读者面前。

所以，吾认为：此诗一气呵成，首尾相顾，因果相成，形神兼丰，不仅予人以艺术之美，亦给读者一种精神之美，应为当今不可多得的佳构。

怜弱鸟

残阳无力抗寒风，颤颤巍巍下九重^①。

小鸟扑腾何处去？严霜冷露苇丛中。

注释：
①九重：指天门，天。

【江岚赏析】此诗写得明白如话，无须过多解释。令人感动的是诗里呈现出一颗仁者的悲悯之心。在一个隆冬的傍晚，寒风呼啸，残阳都被吹得颤颤巍巍地从高天滚落下去，可以想见寒冷的程度。诗人也许穿得暖暖和和，也许正忍受着寒冷的折磨，但诗人无暇自顾，却被眼前一只小鸟的困境所深深打动。"扑腾"一词显示小鸟的情况已经不妙，但就是这么一只受伤的小鸟又能到哪里寻找避风港呢？它只能依然露宿于霜寒露冷的芦苇丛中，其结果之悲惨可想而知。一只小鸟多么不起眼，其他人或许根本注意不到，即使注意到了也不会有何感想，但邓辉先生不一样，也许他从眼前这只可怜的小鸟想到了自己到处流浪的不幸的童年吧。诗句极其朴素，毫无技巧可言，而实际上技巧在此也毫无用处，反而会破坏诗的朴素之美。正是这种朴素之美才产生如此震撼人心的力量。谨录老杜一首五律《舟前小鹅儿（汉州城西北角官池作官池即房公湖）》，不妨互相参照：

鹅儿黄似酒，对酒爱新鹅。引颈嗔船逼，无行乱眼多。

翅开遭宿雨，力小困沧波。客散层城暮，狐狸奈若何。

饮茶翁

眉长髯①白胖仙翁，一盏清茶说笑中。

论罢玄黄②今古事，斜身靠椅眼迷蒙。

注释：

①髯（rán）：两腮的胡子，也泛指胡子。

②玄黄：本是指天地的颜色，玄为天色，黄为

地色，诗中指天地。

【江岚赏析】此诗白描甚见功力！如果只是眉长髯白，可能是一位令人肃然起敬的清癯的仙翁，但一个"胖"字，令人捧腹的喜剧效果顿时就出来了，原来是一位大腹便便的白发老翁。第二、三句做了简要的铺垫之后，尾句就更为传神：白发老翁斜着身子靠在椅背上，眼光迷离，似乎世事早已被他看穿参透了。整首诗堪为老翁之写照，颇具漫画色彩。

周末闲吟

匀^①来半日好心情，品茗南山六角亭。

不为繁花迷乱眼，闲听小鸟唱嘤嘤。

注释：

①匀：抽出一部分给别人或做别用。

【江岚赏析】从诗里可以看出作者是个大忙人。难得半日清闲，更难得心情也是格外好，南山之上，六角亭中，一壶香茗，何等惬意！这本来只是一首普通的闲适之作，但从第三句"不为繁花迷乱眼"仍然可以看出作者的高洁品格，能在纷纭世态中保持镇定和超然，能以一颗童心饶有兴趣地欣赏小鸟嘤嘤的叫声。可见诗好不在境界之大小，能够给人带来审美的愉悦就好。

相聚

新春素友①喜重逢，五十流年一梦空。

李氏祠前云惨淡，黄兴坝上雨迷蒙。

书声岂有风声紧，血色偏无菜色浓。

幸得青霄②霾③气散，和风习习④夕阳红。

后记：与老友相聚，言谈中无一不提及上（20）世纪我等读书岁月之残酷，饥饿之惨烈。

注释：

①素友：情谊纯真的朋友，旧友。

②青霄：青天，高空。

③霾（mái）：空气中因悬浮着大量的烟、尘

等微粒而形成的混浊现象。诗中比喻各种污浊之气。

④习习：形容风轻轻地吹。

【江岚赏析】新春老友重逢，分外高兴。把盏叙旧，其乐何极！所恨生不逢时，命运多舛。李氏祠前，黄兴坝上，几多往事实在不忍回首，读"书声岂有风声紧，血色偏无菜色浓"真令人触目惊心，扼腕长叹。就文字而言，此联堪称精品！尾联则回到现实，一扫全篇消沉郁闷之气。

【樵夫点评】血样诗篇血写成，用于此不为过也。

江干①听曲其一

一曲江河水，悠悠万古愁。

斯民多少泪，汇入碧波流。

注释：
①江干：岸边，江岸。

【江岚赏析】起句入题自然。简简单单的五字之中，眼前奔腾不息的江水声与曲中汩汩流淌的江水声响成一片，令人心醉神迷，浑然莫辨身在何处。这支有名的曲子调子非常低沉，诉尽旧中国受苦受难的人民满腹忧伤和悲愤。次句"悠悠万古愁"承接流畅。第三句"斯民多少泪"转得也好。结句与起句相呼应。

失败者

凤凰铩羽①蛰②阴山，垒土衔枝③若许年。

大斧无人能运力，小舟有舵敢争权。

行情不认招牌老，顾客偏挑价格廉。

花谢花开谁做主？东风浩荡奈何天！

注释：

①铩羽（shā yǔ）：翅膀被摧毁，比喻失意，也比喻人受摧残而失志。

②蛰（zhé）：动物冬眠，藏起来不吃不动。有潜伏、隐蔽的意思。

③垒土衔枝："垒土"，也作"累土"。老子《道德经》中"九层之台，起于累土"，意思是九层的高台，是一筐一筐的土筑起来的。"衔枝"，出自精卫填海的神话传说。"垒土衔枝"，化用两个典故，大意是说失败者积累力量。

【樵夫点评】其曾酒后云：吾以此诗赠校内诸君，意在以此警醒同仁，冀其奋发有为，不致落得失败者之下场！

杭州遣怀①

丝丝缕缕乱无头，万捆千箱满是忧。

海浪山高心是岸，天风血冷骨成舟。

安危岂为锱铢②计，好歹皆因桃李筹。

自信人亡魂不朽，将他化石垫新楼。

注释：

①遣怀：抒写情怀。

②锱铢（zī zhū）：旧制锱为一两的四分之一，铢为一两的二十四分之一。比喻极其微小的数量。

【江岚赏析】首联起势惊人，"万捆千箱满是忧"，将无形之忧形象化，颇有画面感。颔联气势更是令人惊叹，海浪如山，以己心做堤防，天风吹得血冷，凭硬骨而挺过，炼句至此令人感佩。颈联方倒叙因由，尾联言志抒怀。身为一校之长，重任在肩，殊为不易。然一校有此鞠躬尽瘁的好领导，又何其幸哉。

遣春曲

昨夜东君信使来，言之凿凿巧安排。

且将冬梦封存起，须把春光遣散开。

紫绛千支留巨谷，红黄万朵置高台。

香梅雅竹幽溪畔，皓月朝阳任剪裁！

【江岚赏析】句法新巧，趣味活泼，显示出作者求异求新、不同往常的创作趋向。作者一向示人以顶天立地、傲岸不屈的形象，而这首诗的心态则看上去非常轻松，情调悠闲，色泽明快，音节和婉。如果说邓辉先生以前的作品多侧重言志，那么这首诗明显倾向于抒情，如果说《闻官军收河南河北》是老杜平生第一快诗，这首诗也可以说是邓辉先生近年第一快诗。

见抛荒地

膏①泥一寸值千金，不见嘉禾②见草深。

试问农夫何处去？棋牌桌上混光阴。

注释：
①膏（gāo）：本义是肥、肥肉，引申为肥沃。
②嘉禾：生长奇异的禾，也泛指生长茁壮的禾稻。

【江岚赏析】作者生在农村，深知田地与耕作对于农民的重要性。故见农田荒芜，备感痛惜。了解了事情的原委之后，作者更是痛心不已。原来农夫们正在棋牌桌旁消磨时光呢。农夫不种地，或许自有其深层的社会原因，比如农民外出打工，谷贱伤农等，但这里却是一番游手好闲、无所事事、蹉跎度日的颓废景象，无论如何都是不应该的。这首诗见微知著，所反映的问题还是很普遍的，也是很尖锐的。

【郭云赏析】人以食为天，可见食之重、之大，民生之首要也！可是诗人眼里，却见荒芜、杂草丛棘之盛茂，唯无禾苗之青葱。粮从何来乎！岂不令人费解与痛心！故诗人发感慨，动情肠，叹胸臆乃真谛乎！

脱贫不脱荒，增收不垦地，岂能达富裕之家，走康庄之路。可见诗家心揣："先天下之忧而忧，后天下之乐而乐。"其风格之高尚，令人赞叹！

小诗朴实无华，几乎句句明白如话，又句句意蕴横生，其语言平易自然，但不失精练之美。诗家能在平浅通俗之语言中，升华出深刻的诗之境界，可谓高手也！尤其是结句"试问农夫何处去，棋牌桌上混光阴"岂不令人深思。是人之惰，还是失策之误。诗人给读者留下了一个大缺口，可任人深思，真悟矣！该作品可谓一幅水墨写真画卷，诗家巧妙地拾取"草深"与"棋桌"两种不同的物象勾勒了一个逼真的场景，犹如身临其境，可见诗家其艺术功底过人也！

该作品确有极其深刻的现实意义与艺术之道，可谓其思想哲理、艺术境界双赢乎！

和君默先生原玉

雨雪风霜一岁除①，月摧年损鬓毛疏。

岂能摇尾装功狗，宁可昂头似蠢猪。

窃取三余②敲律句，遍游五岭觅天书。

香醪③两盏林中卧，懒管浮云卷与舒。

注释：

①岁除：除字有"去、易、交替"的意思；一岁就是一年。岁除：一年过去了的意思。

②三余：董遇"三余"勤读，又名"董遇劝学"，出自鱼豢的《魏略·儒宗传·董遇》，指读好书要抓紧一切闲余时间。

③醪（láo）：浊酒。

【江岚赏析】《和君默先生原玉》整体工稳，颔联尤其出色，写出了诗人作为弱者在强权面前兀傲、倔强，不肯依阿取容的刚直品格。岂能如彼，宁肯如此，立场鲜明，态度决绝，诗家之个性跃然纸上，诗家之风骨卓立人间。"宁可昂头似蠢猪"，真乃亘古未闻之妙句，可笑！可叹！亦复可佩！见匪气！更见豪气！有辛辣的讽刺，也有近乎自嘲的坚守，寥寥十字，慷慨悲壮，掷地作金石声，有散文数千百言所不能道尽者，然而也只有邓辉先生能道，寻常文人道不出，亦不肯道也。一首之中有此一联，便可挺立不倒矣。和诗难作，和作而能传诗人自家之风采，可见笔力非凡也。

流浪有忆

萍踪①浪迹向何方，望断烟霞路渺茫。
剩饭残羹无半口，寒风冷泪有千行。

厕灯伴读风中雪，童梦流连桥底床。

自诩②天生非鹦③雀，云空万里任遨翔。

注释：

①萍踪：像浮萍那样漂泊不定的行踪。

②自诩（xǔ）：自称，自夸。

③鹦（yàn）雀《禽经》："鹦雀喝喝，下齐众庶。"亦作"鹦雀"。小鸟名，鹑的一种。也称斥鹅、尺鹅，弱小不能远飞，为麦收时候鸟。亦喻小人。

【江岚赏析】邓辉先生少孤贫，曾流落街头数年，遍尝人世辛酸，也正因此铸就桀骜不驯、坚韧不拔的品格，发之于诗，便体现为典型的"慷慨以任气、磊落以使才"的个性与风格。该诗读来令人心酸。对于童年所遭受的苦难，作者之所以念念不能忘怀，意在以此警醒自己、勉励自己，唯有如此，才能有目前的成就。弱者在苦难面前俯首听命，只有强者敢于直面苦难，挺起脊梁，差别只在有志与无志而已。古人说，少年当自强。少年若能自强，则终生受用不尽。

【樵夫点评】诗人在其另一首诗中曾有"心中有苦言难尽，似若滔滔大海倾"一句，应为此诗之诠释。

【唐昌友点评】此诗读来既让人泪奔唏嘘，又让人精神振作。流浪日子的艰辛不堪回首，并没有让诗人沉沦堕落，反倒激发了诗人骨子里的倔强和壮志雄心。在诗人足够强大的内心世界里，有着敢与命运抗争的鸿鹄之志！这正是"人生有炎凉，晨也担当，暮也担当；丈夫如山冈，毁也端庄，誉也端庄"。

忆昔游泳

恒沙^①往事散如烟，偏记游江恰少年。

搅起沧溟千里浪，岂将敖广当神仙。

注释：

①恒沙：恒河之沙，比喻事物众多，也比喻极其微小。

【江岚点评】：诗如其人，诚哉斯言！也只有狂如邓辉先生者才敢出此狂言，想来敖广即便生气也未必敢轻入邓辉先生之梦与之大战三百回合。

闺怨·赠吴维

抗疫家中宅，寒梅送晚香。

兰闺犹寂寞，绮梦也彷徨。

眼望波涛阔，心忧暮晨凉。

何时魔咒解，父子喜还乡。

【江岚点评】以硬汉做闺怨，居然温柔体贴，绮旎动人，鲁迅有诗云"无情未必真豪杰"，信然。

夜望寄女友

莺啼初夜静，独立最高楼。

月引花招手，风呼竹点头。

心痴随倩影，绮梦下渝州。

借问嘉陵水，何时向北流？

【江岚点评】此诗诗性思维特突出。颔联灵动，拟人生动、形象，尾联一问，含蓄而深沉。全诗意象丰盈饱满。中国只有发源于新疆内阿尔泰山的额尔齐斯河向北流入俄罗斯境内。故诗人此一问，以不可能之事发问，不仅张力四溢，而且含蓄而形象地道出今生与女友无缘了，充满了惋惜与无奈之意蕴。

赠南中教师

光阴轻过满头霜，几分辛劳几分忙？

灯下龙蛇①心杳渺②，案头血汗夜苍茫。

新苗出土新希望，大树参天大栋梁。

待到风清秋月朗，盈盈浅笑向辉煌。

注释：

①龙蛇：指书法笔势的蜿蜒盘曲。诗中指教师伏案书写。

②杳渺（yǎo miǎo）：悠远的样子。

【江岚点评】颔联严整，尾联灵动，全篇可讽。

【樵夫点评】首联极写南中教师之辛劳，这里特别突出了老教师——满头霜。

颔联以工整的对仗，描绘出城南教师晚间备课批改作业的辛劳。这一联，上下句构成了一幅南中教师《清宵耕耘图》，其"心杳渺""血汗"为虚写，而"灯下龙蛇""夜苍茫"则为实写，虚实相生凸显城南教育集团教师呕心沥血，践行"三真""四尽""教书育人"之精神。只有如此，才能实现"为民育好人，为国造良才"之宏愿。

如此，颈联的"新希望"——大栋梁才能真正地出现，才能"盈盈浅笑向辉煌"。

故此诗虚中有实，实中有虚，虚实兼备，以鲜活的画面，彰显了诗人对同仁的赞许、勉励和希望。

我的大学

万里旋蓬①误少年，身背苦难出乡关。

昼餐馊臭羞人后，夜望星灯卧厕前。

世乱途穷悲命薄，风围雨裹怨衣单。

天恩赐我书千册，写在江湖山水间。

注释：

①旋蓬：随风飞转的蓬草。出自唐李白《梁甫吟》"东下齐城七十二，指麾楚汉如旋蓬"。

【江岚点评】不幸的少年，通过七律短短56个字，依然令人感到透骨的凄寒，真不知道诗人当年是怎么熬过来的。而诗人特意把题目唤作"我的大学"，可见诗人对于苦难的态度，这不仅是诗人的情怀，更是哲人的境界。

【樵夫赏析】有哲人云：磨难是人生宝贵的财富。闲适堂主曾与吾言及：若无童年与少年之苦难，吾意志未必如今之坚毅。可见《我的大学》乃是堂主之心语也。

此诗尾联言简意赅，内涵丰富，外延无限。诗人仅上过三个月初中，而从任教初中始，则立于不败之地，后创教育集团，均有所成就，现付梓古体诗词三千余首，据说其《自传》三卷百余万字，皆为其手书，此乃其学历者能为乎？非也。

据吾与之私交所知，其始终认同茅盾先生所云："学问是经验的积累，才能是刻苦的忍耐。"故尾联之意则是"上天给我的苦难就是赐予我的书卷，只是这些书不是纸质的，而是在其流浪江湖的磨难，一点一点地潜移默化入心的"。正如其另一首诗写的"苦难生涯真宝贝，资产岂止是金银"一样，都表达了诗人豁达之心胸、高远之志向、坚定的初衷及蔑视困难的勇气。

深山竹

浮筠①簇簇露峥嵘②，傲雪披霜挺若旌③。

偏爱云岚④偏喜岭，不嫌贫瘠⑤不簪缨⑥。

山中直节⑦唯君瘦，世上冰心⑧数我贞。

十级狂风头略点，从来宁折不偷生。

注释：

①筼（yún）：竹子的别称。

②峥嵘（zhēng róng）：形容高峻，也比喻突出、不平凡。

③旌（jīng）：古代用羽毛装饰的旗子，也泛指旗帜。

④岚（lán）：山里的雾气。

⑤贫瘠（pín jí）：土地不肥沃，土壤层薄。

⑥簪缨（zān yīng）：古代达官贵人的冠饰，后借以指高官显宦。

⑦直节（zhí jié）：意思是守正不阿的操守。

⑧冰心：出自唐代王昌龄的《芙蓉楼送辛渐》，指纯净高洁的心。

【江岚点评】咏物明志，极见个性，非有傲骨壮气者不能为之。

【樵夫点评】此诗以物喻人，一个不畏贫贱、不惧权势、节高品贞的正人君子形象跃然纸上，应为咏物诗中的佳作。

暮登黄山

黟山①万仞②入层霄，一上天梯胆气豪。

白雾腾腾吞白日，狂风阵阵卷狂涛。

啸声浩浩松犹静，险路迢迢岭自高。

谁惮③艰难忧冷暖，拨云赶月任逍遥。

注释：

①黟（yī）山：古代对黄山的别称。

②仞（rèn）：古时八尺或七尺为一仞。

③惮（dàn）：害怕，畏惧。

【江岚点评】邓辉先生的诗个性极为鲜明，一读便知。意气风发，勇往直前，愈挫愈勇，愈挫愈强，老而弥坚，所选意象多宏大壮阔，概括性及感染性极强。此诗颈联最可观，见作者之节操。

【樵夫点评】此诗首句概写黄山之高，年迈的诗人登山豪迈之气势，下笔力道十足。

颔联两个意象均着力于黄山雾浓风狂，为颈联蓄势。这两句就是两幅水墨画，可谓诗中有画。如果说颔联写的客观之景是实写，那么颈联则是写诗人心中之意，应为虚写了。"啸声浩浩"在喧嚣声中的松树反而恬静自如——松犹静，这显然写的是诗人在喧啸之中淡定恬静，故而才能任其险路迢迢、岭峻峰高，诗人也敢于"拨云赶月任逍遥"。这卒章见志，表现了诗人的大无畏精神和乐观的情怀。

天涯石

谁遗巨石掩蓬蒿，历尽沧桑总自豪。

地火熊熊掀热浪，天雷滚滚卷寒潮。

横流沧海灵山近，直破浮云彼岸遥。

凛冽罡风何所惧，气闲心静对狂号。

【江岚点评】一气贯注，全体浑然，音节铿锵，读之感奋。看似咏物，实则处处写人，堪称咏物诗之力作。

【樵夫点评】诚如江岚先生言："看似咏物，实则处处写人。"

托物言志、借物抒怀是咏物诗的最重要之特点。有诗论家言："咏物诗所咏之物，大多是作者自况，也有为他人画像者，然后者为特例。"咏物诗要求所咏之"物"与诗人的形象完全融合在一起。就此观之，《天涯石》一诗做到了。

我们来看首联：天涯石在荒凉的海滩上，但它成千上万年地屹立在那里，尽阅人间沧桑，风云变幻，但屹立于海边未曾动摇过，不论地震海啸、风卷雷击，它不仅岿然不动，而且直面沧海横流，浮云炎凉，能闲心静气地面对海涛狂啸，无所畏惧。

闲适堂主幼小孤贫，饱经磨难：少年失学，流浪达六年之久，饥寒所逼，数次濒临死亡之门；青年务农十秋，虽饥寒略减，然劳顿倍增；后任教民办初中，不仅备受白眼，衣食难丰；转正后，有碍于不合俗流，又避世南山，历经四年磨难，终成就其教育奇迹；后被逼出任校长，十年后又被改制为民办，劳顿至今，从教已近半个世纪，用闲适堂主所云："如意事者一二三，不如意者七八九，特别是近年，从事民办教育，更是举步维艰。然其不畏熊熊地火，滚滚天雷，也不管你海啸云横，任你雨暴罡风号，总矢志不渝于教育，持为国育才之初心不改。"

如是，岂不类天涯石而胜于天涯石乎。

因此，江岚先生云"堪称咏物诗之力作"，信然！

此诗前呼后应，颔联承接力工，颈联转而轻盈且不露斧凿之痕。是为好诗非浪语也。

诬告者

蚍蜉①三两只，难撼树千寻②。

力尽将临死，怨根粗又深。

注释：

①蚍蜉（pí fú）：一种体形相对较大的蚂蚁，喜欢生活在潮湿温暖的土壤之中，有一定的毒性。

常用来指不自量力的人。

②千寻：古以八尺为一寻，"千寻"形容极高或极长。

【杨志学赏析】此诗寥寥20个字，却将"诬告者"刻画得入木三分。这缘于作者恰当地运用了比兴手法，收到了以少胜多的功效。因为，类似"诬告者"这样的题目，其实是不大好写的，弄不好容易脸谱化，也容易陷入抽象说理的境地。而这首诗的作者显然像个地道的老手，只见他驾轻就熟，四两拨千斤。比兴的表达，避免了直说，也引人联想。把"诬告者"比作"蚍蜉"，也见出正直人士的轻蔑。以"三两只"，去碰"树千寻"，结果可想而知。而事实上，"诬告者"唯因其"诬"，而显出外强中干的嘴脸。看起来似乎来势汹汹，实际上因其心术不正、缺乏事实根据而软弱无力，最终必败无疑。"力尽将临死，怨根粗又深"，便是从"诬告者"心理角度进一步揭示了这一点，也启示人们不要惧怕"诬告者"，只要自身行得正，"诬告者"是不会得逞的，"诬告者"到头来只会落得一个害人不成先害自己的下场。

老年节有感

睥睨①乾坤②小，何忧雨雪狂。

长吟观四野，浅笑过重阳。

薄利风吹尽，浮名水淌③光。

磨来诗韵润，懒管短和长。

注释：

①睥睨（pì nì）：斜着眼看，侧目而视，有厌恶或高傲之意。

②乾坤：指天地。

③淌（tǎng）：流下、流出。

【杨志学赏析】邓辉先生的经历坎坷而丰富，这使他的诗沉雄厚重、慷慨多气。古人云"文以气为主"，诗当然也如此。这个"气"，在不同的诗人及其作品中可能有不同的体现，而在邓辉先生这里，这个"气"常常表现为豪气、精神气。这首《老年节有感》便表现得比较突出。

这首诗借重阳节表达作者的真情实感，属于借题发挥之作。首二句"睥睨乾坤小，何忧雨雪狂"即表明诗人的胸怀和气势豪放激越；颔联"长吟观四野，浅笑过重阳"的语调变得平和舒缓一些，同时点出"重阳"节令以明作者感怀之由来。颈联"薄利风吹尽，浮名水淌光"写作者经历了岁月磨砺后达到的境界，是全诗的高潮和亮点。这首诗的颔联和颈联对仗工稳，造句精警，显示了作者驾驭律诗的能力和造诣，值得称道。本来到第三联，诗意已经很足、很饱满了，而在尾联，诗人又宕开一笔："磨来诗韵润，懒管短和长。"这就使得作品摇曳生姿，又生出新的境界。读完全诗，一位历经人生风雨变幻而依然坚忍、豁达、乐观的人物形象呈现在我们眼前，可亲可敬。

【江岚点评】老年节这个题材，一般人写来容易嗟老叹卑，感伤消沉。但邓辉先生是桀骜不驯，绝不肯服老的。起句便极有气势，全篇则豪情四溢，带有邓辉先生纯以气势取胜的鲜明个性。

【樵夫点评】众评说，何以忽略了末句！可惜、可叹也！"懒管短和长"平常五个字，却透析出诗人豁达之心胸……此五字使该诗主旨升华到了一个崭新之高度。

老年节有咏（二首）

（一）

霏霏冷雨过重阳，多谢金风送菊香。

扭住年轮休放手，拼争分秒好时光。

（二）

敢向黄花借晚香，晨披冷露踏清霜。

莫因风雨催人老，但惜余晖不久长。

【杨志学赏析】邓辉先生的《老年节有咏（二首）》，顾名思义，乃因老年节而生发感慨之作也。

诗的特点在于妥帖地借用自然物象，表达了珍惜生命的情感。意象的选取高度集中，显示了作者的提炼之功。这既是诗歌艺术的提炼，也是人生境界的提炼。

同时，在意象选择上，作者还巧妙地运用了暖色与冷色对比、对应的手法。如第一首诗里，以"菊香"对"冷雨"；第二首诗里，用"黄花""晚香"对"露""霜"。这样便形成一种紧张关系，也即诗学中所谓的"张力"。这里，诗的意象的紧张也即人的心理的平衡，人在对矛盾的克服中，实现心理的释放，获取心灵的慰藉。

　　还有一个细节也值得一说。第一首诗里，作者在第三行使用了一个"扭住年轮"的动作。这是非常见个性的表达，显示了主体的执拗精神。它对乐天安命、顺遂自然的心态实际上也是一种补充。

　　作者就《老年节有咏》的题目写了以上二首，这二首之间既相对独立又相互补充，使诗意显得更加饱满多姿，也形成对人生状态更大程度的揭示。

　　【唐昌友赏析】写秋却不悲秋，秋在诗人眼里是金风送爽、黄菊飘香，是一种丰收后的厚重；写老却不悲老，反倒是老而弥坚、惜时奋进的精神状态，是一种成熟后的稳重。字里行间都散发着积极进取的思想光芒，这正是："无情岁月增中减，有味诗书苦后甜！"

　　【江岚点评】邓辉先生的诗或咏怀，或言志，总是充满正能量，可以作为励志的范本。这首写于老年节的作品，同样立意在此。读来令人振作，绝无老惫衰飒之气。

咏流星

——复友人劝息肩①

石破天惊一闪光，流星舍命赴汪洋。

羸②牛负重翻高岭，舫漏迎风过大江。

莫叹无能担道义，应须有意育椽梁。

人生不死谁曾见？岂以时间论短长！

注释：

①息肩：让肩头得到休息。比喻卸除责任或免除劳役。

②羸（léi）：瘦，疲劳。

【杨志学赏析】邓辉的诗向来以有风骨见长，吾深爱之。《咏流星——复友人劝息肩》一诗又是一个明证。它借答复友人，真诚地袒露了以羸弱之躯而不惧风雨的入世情怀和担当精神。颔联造语工稳贴切，立意高远深邃，诗人的人格形象尤见于字里行间。尾联对于生命有着透彻骨髓的体验与思考。全诗笔力遒劲，一气贯注，慷慨深沉，颇具感染力。

【江岚赏析】近年教育法规改革，多有不利于民办教育投资者，作者深感不平，也承受了很大的压力。"羸牛负重翻高岭，舫漏迎风过大江"，可谓时下处境之生动写照。由于年事已高，有人劝其不妨息肩静养，但以作者刚强之个性，是不肯服老认输的，故卒章明志，以诗婉谢。全诗壮气，读来令人感佩不已。

此类慷慨多气之作在邓辉先生诗集中可谓俯拾即是，不胜枚举，构成邓辉先生诗作鲜明的以气为主的特点。要么体现为一种气概，在命运或恶势力面前誓不低头、抗争到底的气概；要么体现为一种气魄，敢想敢干、敢做大事、敢当大任、敢为天下先的气魄；要么体现为一种气势，藐视一切困难、蔑视一切恶势力的气势。

【郭云点评】该诗哲理与情感并举、志向与担当互见。心平静而意高远，好诗！

题师生励志基地

半亩茹蔬一亩花，更添桃杏坠枝丫。

小池脉脉红鳞戏，长岭萋萋①白日斜。

休怨峰高多寂寞，且怜溪浅少喧哗。

山居②自在无忧患，朝沐清风晚对霞。

注释：

①萋萋：草木茂盛的样子。

②山居：山中的住所，这里指居住于山中。

【杨志学赏析】此诗作者系重庆某民办中学负责人。几十年来，他备尝艰辛，而最终获得成功，育人硕果累累，成就辉煌而喜人，学校的规模也越来越大，还建立了师生励志基地。建励志基地的行为，也从一个方面凸显了教育家的胸怀与理念。此诗就是描绘励志基地的。诗的脉络结构，是在写景状物的基础上生发人生感慨，让人在丰盈的诗意中领略到诗人的志趣和价值追寻。

通过诗里的描绘，我们看到，励志基地周围环境清新怡人，营造了一种高雅的超凡脱俗的氛围，也让作者平添了不少欢喜。可贵的是，诗人在周遭环境风物描绘的基础上，自然生发出了一些联想，即诗的后四句所表达的"休怨峰高多寂寞，且怜溪浅少喧哗。山居自在无忧患，朝沐清风晚对霞"云云。这些联想中包含了议论，是诗人的追求和情怀的体现，它们不脱离具体形象，避免了空洞说教，显得非常贴切自然，收到春风化雨的效果。可以说，诗人是把议论很好地消融到生活场景之中去了。这是诗的高境界，也是人生的高境界。

【江岚点评】作者难得的流连光景之作。于颈联就可见作者耿介绝俗的风骨与品格。

【刘庆霖点评】起承有气象，转结有余味。与其说先生诗好，不如说先生善于创造诗之环境。一个十分美丽而有诗意的"励志基地"，起码在先生的笔下是这样。

江村秋晓

最美江村欲晓天，风揉雾碎化云烟。

碧空月落鸡催梦，柳岸鸟啼浪吻滩。

鱼火幽幽三两点，霜枫灿灿几千山。

兆民①已惯《清平乐》，谁信南洋卷巨澜？

注释：

①兆民：古称天子之民，后泛指众民，百姓。

【杨志学点评】《江村秋晓》是非常好的一首诗。意象鲜活丰盈，境界深邃浑然，加之中二联对仗工稳，确实不可多得！

【樵夫点评】据悉此诗作于2015年中日因钓鱼岛归属之争外交冲突。闲适堂主曾于2015年、2016年的七律、七绝中均有吟哦。曾有"借我神兵三百万"一联，颇受人称许。

前三联应为其流连于沱江之滨某山村所见深秋

拂晓之景，应为写实，而尾联宕开一笔，虚写以升华主题。即江山如此多娇，然镇国之猛士又于何方？诗人似乎以此警醒国人。

一言以蔽之：其钟爱家乡大好河山之情彰显于前三联之具体意象中，而忧国民耽于升平，无警觉，不谙世事，却隐然于尾联，殊为不易也。

寒露夜寄人

昨日黄花又满枝，今宵入梦汝来迟。

缘何不守他年约，已到风寒露冷时。

【杨志学点评】此诗通过季节性意象和设问的方式，把想念、等待之情表达得饱满而婉曲，感人至深！

【樵夫点评】此诗二、三句含蓄有味，迟来违约何者？友人，亲人，爱人？留白于此，任你猜想吧！

加班夜遣怀

冗①务沉沉千万斤，车装舟载总逡②巡。

但将欲念风吹散，留取冰心不染尘。

注释：

①冗（rǒng）务：烦琐、零碎的事务。

②逡（qūn）巡：徘徊不前，迟疑不决。

【杨志学点评】《加班夜遣怀》是一首难得的好诗！是一首有力量而又见境界的作品。此诗现实感很强，而又高度凝练，诗意浓郁。细读之，每一句都好，而结句"留取冰心不染尘"尤佳——它虽由前人名句化出，但于当下社会语境而言格外贴切。若假以好的传播，此诗或许会广泛流传开来的。

【樵夫点评】好个"留取冰心不染尘"，化人之句而抒自家情怀，难得！

江村秋晓

林角熹微①夜未央，草凝晶露石生凉。

月追江上千堆雪，蛙噪村中半亩塘。

北岭莺啼南岭应，前塆花艳后塆香。

陶公②眷恋悠游处，翘首③行吟又几章？

注释：

①熹微：形容阳光不强（多指清晨的阳光）光线淡弱。出自晋·陶潜《归去来兮辞》。

②陶公：晋陶渊明。

③翘首：抬起头来向远处看。

【杨逸明赏析】一派江村秋晓景致，甚是引人入胜。颈联连珠回环，饶有情趣。此类句式，古人常用。例如杜甫："桃花细逐杨花落，黄鸟时兼白鸟飞。""戎马不如归马逸，千家今有百家存。"白居易："东涧水流西涧水，南山云起北山云。""前台花发后台见，上界钟声下界闻。"李商隐："池光不定花光乱，日气初涵露气干。"萨都剌："后岭楼台前岭接，上方钟鼓下方闻。"

元日寄京沪皖诸君

久厌喧嚣喜别渝，来听野犬吠荒芜①。

羁居小屋灵台净，放逐闲情信息殊②。

冷酒三巡明月共，清风几缕故人无。

聊将昨夜相思意，捎往申城③并大都。

注释：

①荒芜:（田地、园林等）因无人管理而长满野草。

②殊：断；绝。《左传·昭公二十三年》："武城人塞其前，断其后之木弗殊。"

③申城：一般指上海。上海简称"沪"或"申"。

【杨逸明赏析】时代的喧嚣和社会的浮躁，使得诗人很想躲避。古代陶渊明有"久在樊笼里，复得返自然"的感觉，当年鲁迅有"躲进小楼成一统"的愿望。闲适堂主向往回归自然，常流诸笔端，然而基于种种原因，更缘于其少小求学未得之伤痛，于是育人情怀于其心之土壤中根深千寻，故如其所言：欲求闲适却无缘。这元日，得到了难得片刻的闲适，可是诗人又老惦着几位友人。这首诗写得流畅，感情真挚。中间二联"放逐"一词颇为灵动，"信息"一词现代语入古体律句，不仅有现代生活气息，更见写作的功力。

赠周维汉、熊文贵

痴人不必问穷通①，地择天生毕事功。

汩汩②清泉流石下，茫茫白雾漫山中。

千般浩气随心远，万里晴川入眼雄。

长啸登楼寰宇③小，拍栏高唱大江东。

注释：

①穷通：困厄与显达。出自《吕氏春秋·高义》：

"然则君子之穷通，有异乎俗者也。"

②汩汩（gǔ gǔ）：水流动的样子或流动的声音。

③寰宇：指整个宇宙、整个空间。

【杨逸明点评】全诗很流畅，大气。泉流石下与雾漫山中、心与浩气、眼与晴川，均有大小反差。袁枚说："诗虽奇伟，而不能揉磨入细，未免粗才。诗虽幽俊，而不能展拓开张，终窘边幅。"所以写诗必须学会能大能小、能放能敛、能刚能柔。

教师

锄草施肥几日闲，剪长修短事平凡。

青春化作涓涓①水，浇得花香果也甜。

注释：

①涓涓：细水慢流的样子。

【杨逸明点评】邓辉先生以初中一年级的学历，敢教初中，还教了40多年，而且居然还当上了校长。

原因何在？可以从这首诗中找到答案。此诗展现了作者热爱他的学生，钟情于他的教育事业，愿为他所钟爱的教育事业献身的情怀。

【樵夫点评】该诗以丰盈且具体的比喻，表现了繁杂而辛苦的教书育人过程，特别是三、四句"青春化作涓涓水，浇得花香果也甜"，形象地反映了教师的奉献精神。

总而言之，诗人关注生活，写身边的人和事，故接地气。

赠妻

半月揪心暗忍惊，嘘寒慰痛是真情。

若无一片冰心①许，安可宵宵②守五更。

后记：住院 15 日，赖妻时时精心呵护。一夜，不慎尿湿床，妻使我睡其陪床，她坐守通宵。感念之极，以诗志之。

秋暮山村访友

薄暮适农乡，松涛弄晚晴。

浮云随雁远，落日傍山明。

宿鸟归飞疾③，溪流入眼澄。

莫嫌穷僻壤，荒野有真情。

日暮思友

柳烟花雨夕阳斜，望断云山几点鸦。

濑水桥头惆怅久，何时芳信④到天涯？

注释：

①冰心：清洁的心，形容性情淡泊，不求名利。
出处唐·王昌龄《芙蓉楼送辛渐》诗："洛阳亲

友如相问，一片冰心在玉壶。"

②宵宵：夜夜。

③疾：快；迅速。

④芳信：敬称他人来信。唐·白居易《祗役骆口驿喜萧侍御书至》诗："忽惊芳信至，复与新诗并。"

【杨逸明点评】写诗需要真情，邓辉兄有。他对于妻子有深情，对于友人也是一片真情。动人心者无非人情，这类诗词在邓辉的诗集中最多。

【樵夫点评】《秋暮山村访友》《日暮思友》两首可为其写友情的代表作。余悉知，闲适堂主特重其困顿时，与之交往的山乡农民，以宝兴金竹、城南官峰五社为多。只要是故旧，无论时下其遭逢好歹、贫富若何其均能视之为友，甚重其谊与义。尽管他们中许多人文化教养都较差，但他均一视同仁，常宴请其相聚；若遇其中某人有病祸之难，常施以援手，此于当今之世，殊为可贵。见诸其诗中亦情满满意绵绵也。故"莫嫌穷僻壤，荒野有真情"非造作之言，而为真心吐露之语。

当选市人大代表

世事浮云转眼空，休留块垒郁心中。

悲欢聚散随风去，只有真吾贯始终。

参加市人大代表会

如春四九下渝州，国是民生共与筹。

假打空言休说道，冰心一片写春秋。

【杨逸明点评】写诗需要有担当，有社会责任感，这两首诗就表现了邓辉兄有如此品质。好一个"只有真吾贯始终"！好一个"冰心一片写春秋"！均体现了人大代表为人民的情怀。此正是可贵可敬之处。

偶遇

乞讨街边一老翁，单衣百孔苦寒风。

苍苍①乱发浑身抖，切切悲声独目红。

泪水长流号惨怆，貂裘厚裹②笑孤穷。

何时举世桃源③美，处处和谐构大同④。

后记：今日于街边见一独眼老翁哭诉其独子不肖入狱，孤苦无助，沿街乞讨。路多富豪皆嘲笑之。吾助资一百元，归而以诗记之。

晨见环卫老人有感

苍苍清癯⑤状，开口脸飞霞。

汗臭三千里，心香百万家。

如风驱浊雾，似雨卷残花。

扫得天街净，欢声向四涯。

注释：

①苍苍：灰白色。

②貂裘厚裹：这里指富豪。

③桃源：出自陶渊明的《桃花源记》，世外桃源。

④大同：理想社会。中国古代儒家所宣传的最高理想社会或人类社会的最高阶段，为历代儒客推崇。

⑤清癯（qīng qú）：清瘦。

【杨逸明点评】这两首诗一写乞讨者，一写环卫老人，尽管其二者身份各异，然均为生活于社会底层的群体。写诗需要有"哀民生之多艰"的悲悯情怀，邓辉兄有。他笔下的底层弱势群体何等生动形象！诗人的悲悯情怀何等动人心扉！

【樵夫点评】闲适堂主青少年时久经困顿，常于饥寒中挣扎，故其常在其诗中流露其悲悯之心，应为情理中之事。此两首诗中以《乞讨翁》写得尤为生动形象，凹凸分明，画面感十分强烈。

改诗夜吟

野客无才且自知，难登极顶掘珍奇。

夜携明月寻新路，晨掬霞光染旧词。

但得心花开一朵，不愁银发落千丝。

行吟道上狂痴苦，夜伴孤灯疗细疵。

【杨逸明点评】创作诗词需要认真的态度和刻苦的精神，邓辉兄皆有之。他对于自己的诗词创作是何等在意、何等认真、何等一丝不苟！故其诗多佳构。

【樵夫赏析】此诗构思奇特，颔联可窥其一斑。"明月"，诗人可携其为寻觅改诗之新思路，"霞光"这一摸之不着、嗅之无味之自然光彩，诗人竟然用双手捧来（掬）为自己诗词着色，使之诗词更加熠熠生辉。

不仅如此，作者将修改诗词比喻为"难登极顶"，此句之意，套用当今时髦语为"没有最好，只有更好"。可见诗人对自己作品的认识是客观的，与一些初通格律，作品意境、主题皆泛泛，却自诩当今李杜者，真有别之天壤。诗人自知登极顶掘珍奇而不能，却仍是痴心狂想，苦苦地打磨自己的诗。由此可见其创作的认真之态度及创作之品格。

自题

天生贱种不知愁，不爱权财爱自由。

豪兴来时诗下酒，一身傲骨笑王侯。

自画像

身长五尺眼朝天，不羡峨冠①只慕贤。

昔日漂萍②逢恶水，今朝放胆闯雄关。

七成迂腐三分傻，千丈闲愁一寸丹。

自诩生来钢骨架，何忧邪气浸心肝。

注释：

①峨冠：亦作"峩冠"，意思为高冠。出自《新唐书·卷一八三·韩偓传》。

②漂萍：漂动的浮萍，比喻流离漂泊。

【杨逸明点评】写诗更要有风骨，不能人云亦云、随波逐流，邓辉兄也绝对有。《自题》《自画像》两首诗的共同点是使一位颇具风骨的诗人形象跃然纸上。但《自题》一诗主要写其豪狂与傲岸的风骨，而《自画像》则重在写其淡泊名利，有担当的品质。

【樵夫赏析】余以为逸明先生的点评未必妥帖。因为纵观《闲适堂风雨集》（上中下）三大卷、《闲适堂诗词选》共四大册三千多首诗词，其中有更能突出其有风骨者不下千首，《自题》《自画像》绝非有风骨中的佼佼者，故余不敢附骥也。

余窃以为《自题》《自画像》两首诗其特色有三：一是语言明快为其诗少有类者。《自题》一诗四句语言均如白话，几近于乐天之《卖炭翁》。二是喜怒笑骂尽彰于诗行。三是将其高洁、狂放、不合流俗的品格隐于鄙视的文字后。如"天生贱种不知愁"（隐其乐观豁达），《自画像》之首联，亦是将其狂傲不合流俗之状，隐于"眼朝天"之后；"七成迂腐三分傻，千丈闲愁一寸丹。"对仗工整，内涵深刻且丰富。此一联之"迂腐""傻"，其实是自谑之语，写出了自己的孤傲之气，不合流俗之志。正因如此，其"闲愁"才有千丈；正因如此，才有大足人称其为"土匪"。然而诗人终是胸怀丹心，故自诩骨架为"钢"，"心肝"已有拒污毒的抗体也。

南山远望

却去寒云天地新，梅红渐褪草如茵。

迷蒙烟雨南山道，凛冽刀风濑水滨。

遥看千峰睁睡眼，近听群鸟颂阳春。

东风探问吾心事，留下温馨惠众人。

【古木赏析】读邓老师的诗作，清新可人，通篇用简约的文字，寓情于美好的意象，借助形象的语言，把通过意象思维构造出来的意境暗示给读者，而不是用韵语去诉说，耐人品味！

首联登高一望，没有直言冬去春来，而是用"却去寒云""梅红渐褪"含蓄地告诉读者"天地新""草如茵"的春色来临。

中间两联写出南山的独特景色，烟雨南山，春寒料峭，千峰复苏，百鸟啼春，在读者眼前舒展出家乡的山新颖的风貌，借以抒发作者对家乡的热爱与眷念。

尾联大好，结于景中。东风似乎在探问南山的心事，山说："我的自然要温馨众人。"其实不然，此处是作者以南山自许，借景抒情，情在景中，卒章显志是也！实乃佳作！

【郭云赏析】《南山远望》是诗人于初春之际，登上南山展望南山周边物候的变化，所引发思想情感变化的一首抒情作品。

"却去寒云天地新，梅红渐褪草如茵。"首联诗人综合描绘了登上南山所感受到的大略情景。该联紧扣"远望"感受到万物皆"新"，即是日月星辰也不见昨日的旧迹了。

诗人巧妙地用了"却去""渐褪"两个偏正短语，把自己所感受到的天地万象的变化，绘制成了一幅鲜活的气象画卷。可谓是气象万千的，荣与枯、兴与衰、动与静，脱胎换骨的变革是也！其内涵的深刻哲理令人回味！由于诗人用了"却去寒云""梅红渐褪"，可以定位这是一个充满生机的早春时刻，亦是诗人激情喷发的时刻。此时虽不是百花齐放，但已是草木葳蕤一派生机勃勃的景象。可见诗人对新的一年充满了希望，信心百倍。首联充分反映了诗人敏锐豁达和细微的审美眼光。这里的"寒云"妙哉！云何分暖与寒？而诗人把它用在早春之际可谓贴切！

颔联"迷蒙烟雨南山道，凛冽刀风濑水滨"从"烟雨""刀风"可知这是一个"乍暖还寒"的恼人时节。"寒云"顽固得迟迟未尽，"刀风"时起凛冽。可见这是一番早春气象，活灵活现的"函数表"，使初春景象有声有色地跃然纸上了。诗言心声，该联亦是诗人情感碰撞火花的反射。可见此联虽为景语，却情寓其中。

"遥看千峰睁睡眼，近听群鸟颂阳春"，颈联诗人笔锋回转。诗人没有在"迷蒙烟雨""凛冽刀风"

面前畏缩、气馁，而是振奋精神，调整情绪，从一个被动消极的场景，化为一个无限光明的美好未来。尤其是"睁"与"颂"用得得心应手，是创新意境。山峰可以睁睡眼，鸟可以颂阳春，这种物化人性的比喻，真乃典型的浪漫与现实巧妙的统一！这正是升平盛世的具体写照，是一幅精彩艺术画卷的展现。诗人能在"眉睫之前，舒卷风云之色"。可贵！该联应该是诗人思想境界与艺术境界的融合之笔！

尾联"东风探问吾心事，留下温馨惠众人"是诗人又一次笔锋的调整。从颔颈两联的情感碰撞，通过移情及物的物问己答的艺术手笔，表现出了一个端庄老成诗人的高雅，展现了作者宽阔的胸襟与境界。该联切如钟声荡谷，回声不绝，给读者留下了隽永深长的韵味。尤其是一个"惠"字，充满了寄托与希望，展现了诗人人格之高度，令人感慨万分。

该作品从景到情、从物到人，浑然天成，由于娴熟的比兴技巧、移情及物的艺术手笔，故意新味浓，词衔句畅；同时状物鲜明，场景鲜活有致，有跌宕沉浮的涌浪，更兼有平静老成之涟漪，没有斧凿雕琢之痕。此诗真是令人一唱三叹，堪为一首借景抒情之佳作。

秋思

阴晴无乱序，连日雨霏霏。

夜梦秋声至，朝观落叶飞。

异乡云岭瘦，故土锦鳞肥。

雁阵高天唤，羡他如约归。

【古木赏析】诗词创作的高下，艺术手法起到至关重要的作用。艺术手法的妙用，能令读者在阅览和鉴赏中产生审美愉悦，以致共鸣。此首《秋思》，其艺术手法凝结着浓浓的感情，深深地感染读者，可圈可点。

首先，以渲染烘托起兴："阴晴无乱序，连日雨霏霏。"秋雨绵绵，往往惹人愁绪。此处以哀景衬愁情。

其次，以虚实结合打开画面："夜梦秋声至，朝观落叶飞。""夜梦秋声至"为造境，"朝观落叶飞"

为写境。时间转换自然，可谓日有所思，夜有所梦。

再次，以远近相交的画面点缀："异乡云岭瘦，故土锦鳞肥。""异乡云岭瘦"为远景，"故土锦鳞肥"为近景。景物远近同框，空间转换，张弛有度。颈联，不仅相承颔联秋色，并为尾联做了很好的铺垫。

最后，以情景交融手法作结："雁阵高天唤，羡他如约归。"以"雁"字出，以"羡"字结。把乡思、乡愁之情巧妙地涵盖在意象之中。

我反复吟诵，认为这首诗实属佳作。作者自始至终都是在用意象说话：阴晴随着时序，连日阴雨霏霏；昨夜初梦秋声将至，今朝就看到漫天落叶飘飞；身在异乡感觉云岭都是那么消瘦憔悴，怎比得家乡秋来鲤鱼肥；仰天遥望大雁在呼唤，羡慕大雁如约回归。诗中藏匿着作者思乡心切之感，此处景中含情，情在景中，借景抒情，情景交融。结得巧，结得妙！

通观全篇，大有简约冲淡之美。简约，不是直白，而是流畅平白，朗朗上口。冲淡，是"意深词浅，思苦言甘"（袁枚《续诗品》），恰是诗的最高境界。

枯叶

炎凉历尽向三秋①，嫩翠枯黄山自由。

脉络延伸枝窈窕，生机勃发月沉浮。

扶疏②引得娇莺驻，迤逦③招来碧水流。

已忘青春腮上痘，雀斑瘦骨不知愁。

注释：

①三秋：这里指秋季的第三个月，深秋时节。

②扶疏：枝叶茂盛，高低疏密，疏密有致。

③迤逦（yǐ lǐ）：本义为曲折绵延，这里有延伸之意。

【古木赏析】咏物诗，包含表象和隐象两个方面的意象：表象，即所咏之物的表面形象；隐象，即借所咏之物的意象，隐喻另一种情感的潜在意象（或象外之象）。

此篇咏物诗，作者巧借所咏之物的表象，句句含蓄地寓意人生，难在句句都有象外之象。

首联总览，以历尽三秋兴起，寓意人生无论是嫩翠，还是枯黄，顺其自然，任其自由。

颔联意象，虽到枯叶年轮，身体躯干依旧伸枝窈窕，生机勃发，寓意余热继续生辉！

颈联意象，无畏枯叶，只要顽强付出，依然引得娇莺驻，招来碧水流。寓意作者的努力给社会带来多方面的积极影响！

尾联还是用意象说话，用情作结，青春易逝，古稀不知愁。这里没有旧文化人的叹老嗟贫的倾诉，也没有某些现代人退职后失落感的流露，字里行间，洋溢着的是一个阳光诗人乐观向上的激情放歌。

【郭云赏析】该诗是一首托物言志、借物抒怀的佳作。从整体上看，诗人借"枯叶"为兴，把即将失去生命力的"枯叶"复活为一种新的生机。这是作者人生观和审美观的一个高层次的突破。是把一个朴素的情感，升华为一个高深的哲学境界；或者说用哲学之美替代了肤浅之美。

首联"炎凉历尽向三秋，嫩翠枯黄山自由"，诗人直切主题。从时空上可知已接近晚秋时节，诗人用草木的荣与衰、生与枯的自然过程，把读者带进了一个哲学范畴。尤其是"不自由"句充分揭示了一个自然规律，首句诗人用"历尽"，揭示了自然规律都是不以人们的意志为转移的。接下来用"嫩翠枯黄"的变化，巧妙地揭示了前后是一个因果关系。正如古人诗句中所描述的"一霜两霜犹可当，五晨六旦已飒黄"（萧综句）。从哲学角度讲，这本是一篇千言大章，而诗人能用极其简约的语言，委婉地涵盖了上千文字的大文章，可见作者有深厚的文字底蕴和诗性思维。

颔联"脉络延伸枝窈窕，生机勃发月沉浮"，该联与首联是一个辩证统一的关联句。诗人笔锋一转，由一个"不自由"转向何等自由的王国。诗人的心灵如同插上了翅膀，想得更远，飞得更高，充分展现了作者积极乐观的高尚情操，描画了一番"枝窈窕""月沉浮"的一派生机的场景。给人以乐观、进取、现实与理想的浪漫色彩。

该句用了"延伸"与"窈窕"、"勃发"与"沉浮"等要素，给读者一种流动的画面，充分反映了诗人峭拔遒劲的个性，令人拍案叫绝。

颈联"扶疏引得娇莺驻，迤逦招来碧水流"，和颔联是分别从不同角度，高低层次，来勾画出诗人眼中的"枯叶"意象。"枯叶"一经被诗人赋予了生命，就焕发出无限的生机和别有情趣的美，枯叶并非落叶，这是两种不同的自然状态、不同的审美情趣。如果说颔联反映了诗人轩昂不羁、豪气于笔端的风格，则颈联是从体味细腻，情致深婉处着笔。画出了一幅娴雅而富有情思、令人回味不尽的水墨丹青。尤其"娇莺驻""碧水流"形象鲜活、境界开阔，诗人那种乐观豪爽的情趣跃然纸上，真乃神来之笔。

尾联"已忘青春腮上痘，雀斑瘦骨不知愁"表现了诗人高尚的乐观主义情怀、唯物主义人生观和价值观。青春年华已不再，那时候的青春痘早已忘却，但是今天面对镜中满脸老年斑也依然情怀豪爽，对于古稀之年的自己依旧自信如初。不能让"雀斑瘦骨"的羁绊，捆绑自己的手脚。"已忘"和"不知愁"展现了诗人的轩昂气概，其境界全出。把古人的"空余半心在，生意渐无多"（虞世基语）的悲秋之感一扫而空。这是人生观和审美观的聚合和升华，是人格的魅力、心境的瑰丽。该联似乎带有几分幽默、风趣，但境界却显得十分高耸卓立。

这首诗风格意蕴老到，笔力豪隽，很有创意。

艺术上诗人利用心灵的翅膀，放纵飞翔。常人眼中的枯叶在诗人笔下却是光华四射，反映了诗人高人一筹的反正相生的艺术手法，大有"情必极貌以写物，辞必穷力而追新"（《文心雕龙》）之意！总之，这是一首充满时代感和现实意义的好诗，一首充满情感色彩与哲理并存的示范之作，是一首动人情怀、感人肺腑、促人励志的佳作。

【刘庆霖点评】沧桑人语。亦物亦人，情浓味厚，深得咏物诗要领。

【樵夫点评】吾窃以为颔联、颈联为枯叶回忆青春勃发之景，而自然引结"已忘青春腮上痘，雀斑瘦骨不知愁"来，此乃忆当初来激励枯叶之当下也。

春夜登山寄人

溪流春讯早，羞怯冻云归。

月去天中瘦，花来叶里肥。

因风香远散，就势鸟高飞。

<h1 style="text-align:center">岭拥葱茏^①卧，韵敲卿梦扉^②。</h1>

注释：
①葱茏：草木青翠茂盛。
②扉（fēi）：门。

【古木赏析】含蓄，是一种风格，也是一种技巧。诗人能运用委婉的笔触、凝练的语言，自然体现在诗中，且达到"意不浅露，语不穷尽，句中有余味，篇中有余意"（沈祥《论词随笔》）的艺术效果。

吟咏人生，恰是诗歌永久的情结。此篇总体看似写景，实则借景言诗情，借景感悟人生。读者稍加体味，便觉"深文隐蔚，余味绵长"（刘勰《文心雕龙·隐秀》）。

首联写景，没有用天空一片晴朗，没有一丝云彩，直接去描写春讯的到来，而是非常含蓄地写着"羞云怯自归"。

颔联即景即情。从景而言：当月亮退落的时候，天空显得清瘦；花的绽放，是根叶养料充足。此处"花来叶里肥"，应该是别有洞天。据诗人讲，他之所以如是写还有另一层意思：花开了，绿叶也肥大了，意在红花也要绿叶扶。此外也与月升到中天显得小了相对应。出句和对句正是古人常吟的花前月下。言下之意，从情而言：实属寓人。人若没有光芒，就会空虚；人只有有实力，才会绽放。凝练而情景交融的语言，令颔联首先立起来了！

颈联"因风香远散，就势鸟高飞"大有"顺风而呼，声非加疾也，而闻者彰……假舟楫者，非能水也，而绝江河。君子生非异也，善假于物也"（荀子《劝学》）之寓意，巧妙化典，将舟换鸟，其主旨不言而喻，就是善于借物之外力，人生哲理在此也昭然无遗，堪称佳句！

尾联顺势而结：此刻作者正躺卧在葱茏的山顶，欲将眼前所见、所闻、所感，吟成诗句寄予远方的朋友，成为卿卿的梦境。浪漫的设想余音袅袅，让读者自己去咀嚼！

清新凝练，言约蕴丰，是邓辉先生诗歌语言的又一特点。

车过缙云巴岳山隧道

飞驰朝险峻，入目尽云垓①。

碧树参天去，青山扑面来。

惶惶②车撞壁，惴惴③意登台。

忽见神仙洞，坦途峰底开。

注释：

①垓（gāi）：本义指八极之内的广大土地。

②惶惶：形容恐惧不安的样子。

③惴惴：形容忧惧害怕的样子。

【古木赏析】凡千古文章，不朽名句，都是从心底浓情处流露出来的简约平白之语言。诗的最高境界就是冲淡。冲淡，不是直白，而是流畅平白，朗朗上口，是"意深词浅，思苦言甘"（袁枚《续诗品》）。

该五律前两联写景，语言行云流水。车朝着险峰飞驰，远远望去，云和地相连，接着"碧树参天去，青山扑面来"。作者用自己的语言入诗，没有临唐摹宋。

第三联一转"惶惶车撞壁，惴惴意登台"。巧用内心思维表达：担心车是否会撞壁，赶快穿过险峻，登上平台吧！一语道出"蜀道难，难于上青天"（李白《蜀道难》）！

尾联意象豁然大开："忽见神仙洞，坦途峰底开。"经过艰难险阻，迎来柳暗花明又一村。旨意在寓意人事，只有不畏艰险的人，才有希望到达胜利的顶点。

作者车过巴岳山隧道，面对扑面而来的绮丽景色，深深感受到其中的乐趣，其精神也随之升华到了空明无滞的境界，自然之美与心境之美完全融为一体，创造出如水月镜花般的洋溢冲淡之美的诗境。

山乡脱贫

药草香高岭，机房矗大洼。

品优销海角，友善向天涯。

飞鸟喧晴色，摇松动彩霞。

小康千载梦，今已到田家。

【刘宝安赏析】此诗作者采用类似新闻作品的"倒金字塔"的表现手法。山乡脱贫，作者直陈其果："药草香"是农业实体，"机房矗"为工业配套，这种"起"式颇具成就感。与颔联的"承"相比较，放在大视野里看："起"反映的应该是"点"或者局部；而"销海角"与"向天涯"则是"面"或者全体。

颈联所刻画的鸟在飞、松在摇、天放晴、霞在动，表面说的是环境净化与安适，实际是扶贫政策得以落实，农村物质文明和精神文明获得了双丰收。

总之，作者把最重要的部分放在了首联和颔联，这些都是写实，而颈联是由于前面的引发而采用了虚化的表现方法，这一"喧"一"动"，颇有审美情趣。尾联田家已圆小康梦，直破主题，确有"起如爆竹，结如撞钟"之奇效。

悼挚友武春燕

三秋犹未尽，转瞬入严冬。

雪暴摧黄菊，风狂折翠松。

吟坛哀逝凤，濑水想英容。

盼践棠城约，谁期报丧钟？

后记：吾与春燕小妹相识于天籁杯颁奖典礼上，后遂成挚友。入夏相约，其定于国庆节来大足一游，九月下旬失联后惊闻其竟爽约而去。唉，人生无常！呜呼哀哉！

【刘宝安赏析】在历代哀挽诗词中，有表达亲情的，如子女、父母等；有抒发友情的，如好友、同事等；还有倾诉人情的，如伤悼抗敌将士、受害民众等。这些悼念诗词，历久弥新，其中不乏感人之作。而邓校长悼念武春燕的这首五律就是情深意长、百读不厌、令人扼腕叹息的佳作。

这首诗总体来看是以时间为经、以空间为纬去逐次展开的。首联"三秋"两句是"起承转合"的"起"，是对景物的描写，其描摹天气的寒冷、环境的肃杀，为后者的出场做了铺垫，采用了"赋比兴"中"兴"的手法。第二联"雪暴"两句是"承"，主人翁出场，以"黄菊""翠松"为代指，很贴切，这一联是用了"比"。第三联"吟坛"两句是"转"，因为主人翁是一名优秀的中学教师，她为人谦和善良，又有才情，与作者同在《诗词世界》共事，在长期切磋交流中成为挚友，现在溘然长逝，怎能不令人悲恸！因此这个第三联的"转"是整首诗中的重要部位，它的内涵很丰富，寄托着作者沉沉的哀思。用了一个"想"字使我们不忍去打扰他。尾联"盼践"两句是"合"，"合"就是收合。作者是年秋天与武春燕在贵阳之行中约好，准备在国庆节来大足一游，然而天有不测风云，马上就要实现的美好愿望，急转直下，竟成为永诀。晴天霹雳，这确是人生旅程中的一大不幸！"谁期报丧钟？"一句反诘语十分悲壮有力，使人陷入不尽的哀痛之中。综合第三联和尾联来分析，它应该是"赋比兴"当中的"赋"，"赋者，敷陈其事而直言之者也"，这是南宋人朱熹对赋的解释。

我反复诵读悼念武春燕的这首五律，感到朴实、自然、流畅，又不失准确、鲜明、生动。整首诗没有用典，也没有生僻的字，可读起来如行云流水本真天成；表面看似语言平缓，可内里却风雷激荡，心潮澎湃！"盼践棠城约"是一种怎样的心绪？这正如元人杨载在《诗法家教》中说的那样："诗之为体有六：曰雄浑、曰悲壮、曰平淡、曰苍古、曰沉着痛快、曰优游不迫。"王国维也说："大家之作，其言情也必沁人心脾，其写景也必豁人耳目，其词脱口而出，无矫揉装束之态。以其所见者真，所知者深也。"此金石之言，放诸邓诗也不为过！

【江岚点评】作者是一位重情重义的老人，遽失挚友，悲凄犹如寒冬。诗的前四句似写自然界的冬日肃杀景象，实乃哀伤心境之真实写照，比兴手法运用得十分成功。后四句转入正面铺陈，结构得当，章法井然。

与同仁共勉

不为艰难改，潜心向远洋。

横流沧海阔，竞渡怒潮狂。

浪涌穹掀顶，风嚣马脱缰。

任他迷雾黑，稳舵自前航。

【郭云赏析】这是一首与教育界同仁共勉的抒情言志五言佳律。

其首联直抒胸臆，直奔主题，情感纵横，势如破竹，为该作品涂抹了底色，烘托了氛围。尤其是"不……改"可见诗人初心如铁，愈淬愈坚。

颔颈两联是一幅三维空间图。又是曲直、动静、虚实相生的动像。该两联驮载着诗人的情感，跌宕起伏直观鲜活，充分刻画了"南中"数十年走过的征程。时而如一艘战舰乘风破浪，一往无前；时而又如一艘远洋巨轮，任凭"海阔""潮狂"，依然所向披靡稳舵前航。尤颈联别有创意，"掀顶"与"脱缰"比喻形象，状物鲜活，动感凌然目前，大有浪可湿云、马欲扬尘之感，堪为遒劲雄浑也！

尾联隽永，耐人寻味。一艘育人之航母能够破浪远航，颠扑不破，仅靠自我的力量，是万不可能的，必须依赖党的领导，靠党的方针政策来引领，否则必然触礁沉船。尾联是作品的最大亮点，是诗人艺术的极致。篇中诗人并未明确交代，这就给读者留下了一个谜团，扣子恰在"稳舵"与"自前航"的内在联系之中。这就是象外之象、言外之意也！这不仅是艺术，更是哲学的技巧。

该作品首尾紧扣，章法互补，韵律浑厚，情感奔放，篇中无一白话，却句句明白如话，可谓妙笔，充分体现了一位时代志士的胸怀。其精神令人赞叹！

【江岚点评】沧海横流，方显英雄本色。此即邓辉先生本色之作。百折不挠，一往无前，凡夫有此意志，可为英雄，英雄有此信念，何事不成！

入山访友不值①

曲径云岚②里，苍峰护后庭。

馨风穿杂树，翠岭唤流莺。

石白清溪浅，天蓝落日明③。

寻芳虽不着④，五彩满心旌⑤。

注释：

①值：遇到。

②岚：山林中的雾气。

③明：明亮。

④着（zhuó）：着落。不着：没有找到。

⑤心旌（jīng）：心神，心间。

【郭云赏析】这是诗人由访友途中所看到的情景引发的一些感怀，是一首很好的抒情诗。

首联"曲径云岚里，苍峰护后庭"，作者用最典型的实景点明了友人居住的环境。弯弯曲曲的小路从氤氲中穿过，青翠的山峰环绕友人的庭堂院落，堪为仙境也！

由于首联"兴"起的手法，自然引申出中间两联。可以说颔联与颈联是对首联的扩展。"馨风穿杂树，翠岭唤流莺"是诗人所听所闻之动态形象。尤其是"唤流莺"，一个"唤"字画出了山间的一派生机景象。

"石白清溪浅，天蓝落日明"，该联是一幅水木清华之秀色画卷。石头的洁白，溪水的清澈，这种淋漓剔透的极致给观者一种错觉，感觉到水很浅很浅、很逼真。接下来"天蓝落日明"，由于天蓝如洗将落山的太阳衬托得分外明亮。该两联意词两工且生动形象，堪称点睛之句！

尾联以情语作结，故而，作者此行虽未见到友人，却是"五彩满心旌"。

该作品虽语出平浅，句无雕琢之迹，词无浮华之藻，篇无斧凿之痕，但通篇随手拈出，情景浑成自然，意境新颖鲜活，充分反映了作者的情怀，可见作者对生活充满了希望与热爱。可以说这是一首意境上乘、情绪积极之佳作。

日记摘抄

生于下里却求真，怯揽虚名祸害人。

一脸沟渠皆记忆，满头霜雪是年轮。

时空涧里流心血，教育炉中去垢尘。

休惧一朝形色灭，荣枯不计有精神。

【郭云赏析】该诗是以叙述方式为主兼用赋比兴艺术手笔，抒发情志的一首佳作。通篇以朴素且真切的情感领衔，用简约明快的言辞、素描写意的笔墨为自身勾画了一幅意象鲜明、时空变换、步履留痕的流动画册。其情感渗透于字里行间，颇有新意。

首联"生于下里却求真，怯揽虚名祸害人"是诗人为自己打印了一张身份证，或为一张名片。如同屈原《离骚》中第一句"帝高阳之苗裔兮"一样，读者触目对诗人就有一个简约的认知。该联既开门见山令人利落，同时又有几分讽喻委婉之奇。这种既委婉又有骤响之妙，有千钧之力，百匝之回响，成为通篇之机栝。为该诗抹上了底色，铺陈了基奠。堪为大家之手笔。

这里的"下里"是对"阳春白雪和下里巴人"典故的化用。由于引用了这个典故，不仅用极其洗练的语言展示了自己的出身背景，同时大大提升了作品的神韵，令人领略其含蓄之美。至于"求真""怯揽虚名"等是诗人思想境界的表述，反映了诗人高尚的思想品格、诚挚纯洁的心灵和坚贞不屈的性格。凸显了诗人虽出身贫寒，却有超凡脱俗的高尚美德。该联所表现的思想理念应是受到屈原《离骚》的感染和影响。是经过"扈江离与辟芷兮，纫秋兰以为佩"的熏陶与冶炼。那种"鸷鸟之不群兮""芳与泽其杂糅兮，唯昭质其犹未亏"的高尚情操难能可贵也！

颔联与颈联诗人从更深层次描写，是对其履历的赓续与展开的心境的外化。"一脸沟渠皆记忆，满头霜雪是年轮"令人感悟到含蓄、幽默之美。读者一目了然地从其幽默的句子中，感悟到诗人已是一位年过古稀的老者也！这种既能让读者感悟到诗人的形容，而且还能产生幽默的修辞效果。这种体物肖形、传神写意、极尽形容、妙趣横生的艺术手笔令人望尘莫及！

颈联"时空涧里流心血，教育炉中去垢尘"，诗人穿越了数十年的时空隧道，绘制了一张人生经与纬行藏的函数表。诗人直抒情怀，重点概述了自己的工作经历。尤"流心血""去垢尘"凸显了诗人在数十年的工作历程中，无论在顺境还是逆境，始终坚持尽职敬业，恪守初衷。其中"去垢尘"进而展现出，身为一位颇有成就的著名教育家，能两袖清风一尘不染，可谓"夫孰非义而可用兮？孰非善而可服"（《离骚》）乎！该联虽用词平淡浅直，却通俗流畅，境界全出，情感真切有落笔丹青之妙。其回响不绝，令人赞叹！

尾联"休惧一朝形色灭，荣枯不计有精神"直抒胸臆。该联虽语词朴实无华，词无尽丽，但其审美效果令人有凌厉峭拔之感，其情外之境真是含蓄不尽。尤"形色灭""荣枯"绝非一个简单的自然现象，而是一个极其深沉的哲理概念，是诗人崇高的心理效应、社会价值、思想品位的情感化。这就是诗之张力，是诗人政治风度与艺术之美的融合力。读者可以有更多的感悟。

总之，该作品给人一种气象雄浑、词衔意扬之美，其情感直抒与含蓄统一，隐与露之间穿插，在俗与雅中沉淀，尤那些"却求真""怯揽虚名""沟渠""年轮""流心血""去垢尘""形色灭"等词语皆是句中之眼，皆须读者深层次地感悟。

夜读思校事梦醒作

夜夜何多梦，忧忧总与违。

骅骝①悲暮霭，蹇鹿②啸朝晖。

径险谁同过？涛汹我独归。

天心高莫测，振羽任③雄飞。

注释：
①骅骝（huá liú）：泛指骏马。
②蹇（jiǎn）鹿：跛脚的鹿。
③任：听凭，任凭。

【郭云赏析】该诗意蕴深远，情感老到微妙，首联语气平和、词语畅晓，反映了作者对当前现状的态度与忧思。领联与颈联反映诗人的情感与心态并能自我解脱，尤颈联笔锋突转，出人意料，印证了诗人思想境界之高远。结句展现诗人对现实与未来充满希望与寄托，并敢于担当开拓的高尚风格。整体看，言近而旨远，语淡而意深。

赴京机上遐想

腾空三万里，御气驾神鹰①。

人在云中坐，山从脚下行。

驰魂追浩宇②，出手揽流星。

欲握嫦娥手，谁知已抵京。

注释：

①神鹰：此处指飞机。

②浩宇：浩瀚的宇宙。

【郭云赏析】这是一首浪漫色彩很浓的诗，从头到尾都充满了幻想。发端如脱缰野马，将其在三万里辽阔的天空，顶逆风驾神鹰不可一世的气势，展现得淋漓尽致。中两联感情抒发更具有传奇与神话般的特色，尤"云中坐""揽流星"等句生动活泼，饶有趣味。尾联可谓妙语诗心，"欲握嫦娥手，谁知已抵京"有浑然天成之巧，又别出心裁之奇，明知握不到嫦娥手，且用"谁知已抵京"来圆场，可谓灵性突发，生花之笔也！同时给读者一个出其不意、声东击西之妙！浪漫风格不仅是一种艺术之美，更是诗人气质和天性而成的美好心境，是诗格的一种美的修养和美的心境的统一，是诗人世界观的升华之体现。

自况（二首）

（一）

一株老树满虫斑，叶尽枝枯皮已残。

唯有雄心坚似铁，危峰顶上斗霜寒。

（二）

浅出深山向大河，逆风千里激流多。

长途不惮①危②峰阻，一路奔忙一路歌。

注释：
①惮（dàn）：害怕，畏惧。
②危：高。

【郭云赏析】该两首绝句是作者从两个不同侧面咏怀自己近期的状况，相辅相成。虽然都属于借景抒情、托物咏志，但是其境界各有千秋。前者以老树作比，虽年近古稀，尽管肌体有不同程度的疾病，但依旧壮志不减，耸立悬崖峭壁斗霜傲雪，如松如磐，难能可贵。

第二首拟自己如同流淌在大山深谷中的一条溪流，一路坎坷、一路曲折、一路高歌。始终没有向高山峻岭低头，不被险峰恶壑遏止其前进的步伐，直至奔向江河湖海。可谓潇洒浪漫、斗志昂扬也！其乐观主义精神令人感慨！

该两首诗大有"才力犹可倚，不惭世上英"之气概，无愧诗人之典范！其艺术层面，比兴共盈、情景相蕴、律而严工、气格雄浑，可谓构而坚、束而劲，形象鲜活，气韵混成。奇哉！

崖上菊

几丛山菊漫^①崖开，一任逍遥自剪裁。

不入方圆求赐予，寒香直扑碧窗台。

注释：
①漫：到处都是，遍。

【郭云赏析】《崖上菊》可谓玲珑袖珍小诗，其蕴蓄气象万千也！首句"几丛"与"漫"是相辅相成，量与质的递进与升华的两个侧面，以小见大、以少见多的辩证关系。山崖上虽仅有几丛菊花，但其格力足以影响一片境地，其气势一样恢宏一方。二句展现了菊花高风亮节的崇高品质，山菊虽身在居高临下的净土山崖，却不离地气，有虚怀若谷品质，令人敬佩。山菊虽然超脱低俗之气，又折根于黎民百姓之中，是不忘民气的风格的写照。结尾两句，诗人通过观察山崖上数枝菊花来抒发自己的情怀，以菊之格喻人之德。

该作品是诗家一首率意之作，不仅语新律工，其想象堪称奇崛，为当今状物抒怀之首例。

忆昔诗佐酒

一杯冷酒十行诗，高唱低吟觅①子期②。

工部③佳肴香混沌，乐天④陈酿醉迷离。

萧萧⑤雨雪当年势，滚滚风涛过去时。

枵腹⑥充饥餐锦绣⑦，醺醺⑧起舞独狂痴。

注释：

①觅（mì）：寻找。

②子期：指知己。

③工部：工部指杜甫，因杜甫曾任检校工部员外郎而得名。

④乐天：白居易字乐天。

⑤萧萧：象声词，状雨雪汹汹然之势。

⑥枵（xiāo）腹：空腹。

⑦锦绣：指美好的事物，也可形容山河大地。

⑧醺醺（xūn）：酣醉貌，大醉的样子。

【郭云赏析】这首诗许是回忆作者人生中一段坎坷的岁月。首联如雷惊天，一个"冷"字为该诗塑造了令人不寒而栗的氛围。"冷"字如同李白《静夜思》中的"霜"也！无论酒多么热，但心冷如冰，可见诗人孤独、寂寞之苦楚，多么渴望能有一位知音。故而，诗人也就自然而然地想到了钟子期与俞伯牙的故事了。但觅而不得，无可奈何，只好以诗与酒为伴。

颔联诗人巧妙地用了杜、白醉吟两个意象，为该作品绕了一个弯，这就丰富了作品的意象，提升了境界，衬托了内心之清贫、痛苦与矛盾，此弦外之音含蓄而深刻！

颈联用了"萧萧雨雪""滚滚风涛"，巧妙且逼真地绘就了一派当时诗人身处之气候与背景，这就不难看出发端的"冷"字神也！

尾联正是李白月下独酌的神奇化用，反映了诗人自得其乐的宽阔胸襟和豪迈气质。可见，诗人不仅是一个现实主义者，还是一个浪漫主义者。

记梦景

一座孤城万丈崖，洪波肆虐①恨无槎②。

云涛阵阵天宫坠，雨剑森森③地府赊。

救命方舟江上月④，施恩小鬼镜中花。

求神不得平波策，自破重围向四涯。

注释：

①肆虐（sì nüè）：放肆侵扰或残害；任意干残暴的事情。极言洪水破坏力之大。

②槎（chá）：用竹木编成的筏，泛指船。

③森森：众多貌。

④江上月："江上月"和"镜中花"都是指虚无之东西。

【郭云赏析】借梦抒情，借梦言事古而有之。看来诗人有难以正面回答之现实困境，或难以启齿之感伤，所以诗人只好造境借梦之力。王国维先生曾讲过，大诗人所造之境，必合乎自然，所写之境必邻于理想。

首句破题兀立。用孤城与万丈崖这两种只有梦中才可见的魔鬼之境：孤城被嶙峋万丈的峭壁所包围，令人恐惧。接下来遇到"洪波肆虐"，无路可逃，无船可乘，岂不绝境乎！

颔联诗人从天上地下两方面，进而给了孤城一个特现的画面，是对首联"肆虐"的具体写照。借梦言情只是一个寄托而已，但梦的背后却隐藏了诗人复杂的心理矛盾。

至于颈联，就不难理解诗人身处这样一个环境下恐惧与振作之间的心理表现了，欲脱不能，乞恩不得。"江上月"与"镜中花"十分巧妙到位，不仅比喻形象，而且更加凸显了诗人处于危境。

尾联可知诗人不同凡俗，不靠天不靠地，不怕鬼不信神。路在自己的脚下，前程在自己的掌握之中。虽稍浅直，但不失诗味。可敬可叹！该作品苍劲古朴，造境与写景近于自然。理趣与情趣相互渗透。尤颈联含蓄委婉，境界开拓，诗味浓朴恰当。如"江上月""镜中花"不仅意切语工，同时为读者提供了更多的想象空间，堪为一首力作！

登山感怀赠同仁

小雷轻过早莺啼，料峭①晴光转绿畦②，

一任③浮云游上下，犹听恶雾④响东西。

嫩枝新挂茸茸叶，柔水初升浅浅溪。

遥望重峦攀叠嶂，老夫信步⑤上天梯。

注释：

①料峭：形容微寒，亦形容风寒冷、尖利，此处指刚刚入春，天气仍然寒冷。

②畦（qí）：古代称田五十亩为一畦，此处指田地。

③任：听凭，任凭。下联"听"与之同义。

④恶雾：大雾。

⑤信步：随意地行走，漫步。信：随意，随便。

【郭云赏析】这是一首初春时诗人登山之作。首联"小雷"十分巧妙且精准，不仅清新鲜活，更具有创新之意味。小雷乃初春之雷，定位精准，初春的景象令人回味。由"料峭""绿畦"句可知初春的寒意未尽，但原野逐渐欣欣向荣了，温暖的趋势已在提速，也为颔联埋下了一个伏笔，尽管风云多变雾浓雾淡，但春天的步伐不可阻挡。

颈联是承上启下的一个环节。诗人用"茸茸叶""浅浅溪"画出了初春的一派嫩嫩的景象，是一个爽心沁脾的好句。尾联神气十足，促人精神、砺人勃勃、鼓人自信。好一个潇洒超越之心境，难得一回快活之情绪也！看来诗人此次登山十分轻松愉快，尤其是"上天梯"写得逼真！

秋晨登山寄人

林涛万丈动云旌^①，望断蓝桥^②路几程。

昨夜情柔依旧梦，今朝雨怒打新萍。

千层雾障高低暗，一线希望早晚明。

叶落谁堪秋岭瘦，天涯咫尺共阴晴。

注释：

①云旌（jīng）：像旗帜一样迎风飘动的云。

②蓝桥：指驿亭。

【郭云赏析】诗人情感深婉，欲舒还塞、欲直还曲、欲抑还扬的不安情绪泼洒！从首联便知，诗人世路有违心之处，有茫然之心态。心如林涛跌宕，即使望断蓝桥也未能看个清楚，只好借旧梦撩开心境。但一梦醒来依然不称心如意，现实不抵梦幻开心也！

不过诗人必定不同凡俗，还在期盼着一线的希望，等待着云开雾散的机遇。诗人尽管不堪穷秋的折磨，但无可奈何地又回到那梦幻的境地，与难分难遇的知音暂且相互安慰鼓励，寄希望于那一线光明。

手笔之巧妙，韵味之曲折，怨而不愤，伤而不哀，跌宕有致，意味深长。

车过襄阳

穿山破雾过襄阳，遥望当年古战场。

血洒雄关真苦难，骨雕龙椅假辉煌。

犹闻冤鬼冲天怒，似见昏君怨肉香。

但得人寰烽火绝，笙歌唱彻国无疆。

【郭云赏析】这是一首怀古作品。作者因事途经襄阳，忽有灵感写下了这首七律，这是诗人不同于常人的特有敏锐。首句用"穿山破雾"刻画了襄阳险要的山川地势，很自然地引发出"古战场"的意象。这种由物象化为心象的升华，便成为诗之"兴"，并烘托出浓浓的古战场气氛，使读者身临其境也！中间二联揭示了战争所造成的孽果，尤其是用了"血洒雄关""假辉煌""冲天怒"等词语，愈加渲染了战争的残酷，凸显了百姓与统治阶级不可调和的对立。

尾联是诗人一种美好的期望与寄托，也是在为人类而呼喊、为和平而呼喊，期望人间大同、长治久安。尤其是"笙歌唱彻国无疆"境界全出，正是世界人民的共同心声，是"构建人类命运共同体，建设持久和平"的具体写照。可见作者具有高尚的人生情操和崇高的思想境界。

该诗作者以情观景之深，又借景抒情之真，情景交融自然，语言流畅不俗，是一首词浅意深境高、诗味意蕴并重的佳作。

梦涉险醒而咏之

古稀豪气壮，梦也惜分阴①。

岁月奔腾急，冰霜冷冻深。

天低云漫漫，路险雾沉沉。

独有登高者，敢穿原始林。

注释：

①分阴：日影移动一分的时间，指极短的时间。

【郭云赏析】这是一首借梦抒情或者是托梦言志的别具一格的抒情作品。看来"梦中涉险"对诗人来说触动较大，否则不会迫不及待地要向友人倾诉。"涉险"乃诗之基石！

首联"古稀豪气壮，梦也惜分阴"发端有力，如爆竹骤响，其势不可遏，真乃元气浑成。古稀之年豪气依旧，可贵！

颔联与颈联，是诗人梦中所涉的四种现象，从不同层次折射出来的情景相互交集状态。"岁月奔腾急，冰霜冷冻深"，岁月不饶人，人生之短促，如同奔腾的浪涛一瞬而过，此时的周围又如此冰霜凛冽，"涉险"之伤感与"赠人"之抒情天然之情理！

诗人虽没有细微地描述其险况，从颈联"天低云漫漫，路险雾沉沉"可知是诗人事业前景中一种严重的阻力或挫折。否则岂有天塌路断、云遮雾罩之景呢！该两联是诗人把叙人情、状物态熔于一炉，可谓手笔老到。该两联一方面呈现了诗人前路中的困境，更反衬了诗人敢于担当的崇高的事业心。

尾联"独有登高者，敢穿原始林"是诗人情景交集的巅峰，是情感抒发之极致，是诗人思想境界升华出的深刻哲理意象。尤其是"独有"告诉读者"敢穿原始林"，除此没有任何捷径可寻。

该作品有其别具风格的艺术特色，其伏笔深沉，场景开阔，情感真切而不外露，着色无华，吟咏委婉。环节呼应，开合有致，首尾密合。其气势恢宏，具有"下笔证兴亡，陈词备风骨"（孟郊句）的大家风范。其语言流畅洗练，近乎白描却诗味浓郁。尤其是尾联深刻的哲理给人以鼓舞、以力量、以希望，令人回味无穷，感慨不已。

【刘宝安赏析】身为一校之长的邓辉先生，为了搞好教学，用"日理万机""苦心孤诣"来形容，那是一点儿也不为过的。《梦涉险醒咏而咏之》这首五律道出了诗人为教育的献身精神。诗的开头，单刀直入，已过古稀之年的他，依然"老骥伏枥"，豪情满怀。这里第一句是开篇明志，也是为第二句的破题做准备，意思无非是说他的身体及精神状态良好，能够继续勇挑重担。只一个"壮"字就为日后涉险吃了定心丸。诗的第二句就直奔主题，"梦也惜分阴"，梦是心思的写照，他很珍惜这美好的梦境，白天已经很忙碌，夜里还要继续惜"分阴"，这字里行间浸透着作者对教育事业的热情和主人翁的责任感。这里面的"惜"字用得很妙，人们做事就是依靠时间和空间，所以应该爱惜它们，尤其是时间。

诗的第二联"岁月奔腾急，冰霜冷冻深"是对客观大环境的描摹，它道出了时间的紧迫和空间的深邃，令我们做事不可怠慢。第三联"天低云漫漫，路险雾沉沉"进一步具体地烘托环境的险恶，其中"天低"和"路险"是果，而"云漫"和"雾沉"则是因，很显然这"云"是彤云，"雾"是霾雾，出句说的是面，对句说的是线，再加上叠词"漫漫"和"沉沉"的运用，将征途的险峻和事业的艰辛渲染到了极致。总体来说，颔联是概括的描写，是虚写；颈联是具体的呈现，是实写。两联前后衔接呼应，层层加码，目的是为尾联的析出做好铺垫。"独有"是英雄所具备的品质，此句是"独有英雄驱虎豹"的化用，但需要注意的是，这"登高者"即将要征服的是原始森林，而原始森林是未被开发的处女地，是荆棘丛生、野兽出没的地方，其危难程度可想而知。诗的结句在前面两联的基础上又进一步加深了背景的沉重色彩，但是一个"敢"字则褒扬了拓荒者大无畏的英雄气概。当然，这里无疑是作者心灵的独白。

综上所述，作者以梦涉险来表达心志，首联开诚布公、直接破题，颔、颈两联缜密，浓墨重彩，用虚实相生的手法为主人公的壮举做好铺垫。尾联为圆梦而执坚披锐，敢为天下先。作者是一位德高望重的职业教育家，城南中学的辉煌，与他的诸多建树是分不开的。在繁忙的工作之余，他不仅亲自写诗抒怀，而且还将诗教引入校园。

援笔至此，让我们再拜读一下他的另一首七律《遣怀寄人》："童心似雪梦如虹，自诩鹏飞越九重。也欲凌云翔海北，曾经破雾过山东。寸丹难以酬知己，雅韵安能建事功。谁说豪情随水逝，栽桃育李自英雄。"很显然，两诗的宗旨是一脉相承的，可以看作是姊妹篇或连章体。写诗"赠人"与遣怀"寄人"都是在抒发自身的情感，"登高"和"育桃李"则都是英雄的行为，由此可知诗人的夙愿是一贯的。

谈到律诗的法度，元人杨载在《诗法家数》中说："律诗要法，起承转合，破题或对景兴起，或比起，或引事起，或就题起。要突兀高远，如狂风卷浪，势欲滔天。颔联或写意，或写景，或书事，用事引证。"此联要接破题，要加骊龙之珠，抱而不脱。颈联或写意、写景、书事、用事引证，与前联之意相应相避。

要变化，如疾雷破山，观者惊愕。结句或就题结，或开一步……如剡溪之棹，自去自回，言有尽而意无穷。

通观邓校长的大作，《梦涉险醒咏而咏之》确实如上所说，用韵规范，诗体结构严谨，起承转合流畅自如，中间两联对仗工稳、得体，首联与尾联相互照应，不失为一首好诗，大可以赠人、寄人、示人，并与广大诗友词家共勉。

【樵夫点评】此诗未必全言校事，言时事也未可知也。然，无论言者何，此诗为好诗应无疑也。

含鄱口①遇暮雨作

含鄱口上乱云飞，不见风帆向翠微②。

白浪排空烟笼水，江鸥唱晚羽沾霏。

撕开暮霭寻明月，揉碎斜阳换皓辉。

但得宵宵清似昼，初心切切莫相违。

注释：

①含鄱口：含鄱口位于庐山东谷含鄱岭中央，海拔 1211 米，左为五老峰，右为太乙峰。山势高峻，怪石嶙峋，形凹如口，对着鄱阳湖，好像要把鄱阳湖一口吞下似的，故名含鄱口。

②翠微：青绿的山色，也泛指青山。

【郭云赏析】这是一首触景生情、景随意化、借暮雨抒发情怀的旅途之作。

在旅途中遇到暮雨或许是偶然的。但诗人这种情感却是日常生活中的顺与逆、喜与悲、忧与愁的积累而形成的，一旦遇到成熟的外部景象时必然呼之欲出。

诗中景的设置，总是以情为转移的，所谓"情哀则景哀，情乐则景乐"（吴乔《围炉诗话》）。所以，诗人写《含鄱口遇暮雨作》绝非偶然。

首联"含鄱口上乱云飞，不见风帆向翠微"，是暮雨对环境之影响铺成为一幅轮廓的画面。其中"乱云飞"和"不见风帆"，说明诗人所遇暮雨不是一般的散丝细雨，而是大雨，这才有乱云翻滚之势和帆落船泊之象。尤其是一个"乱"字为该作品涂上了一层朦胧暗淡底色，铺垫了一条模糊不清的轨迹。由于这样一幅迷茫的画面，也就顺理成章地镶嵌了颔联的具象。可谓画外之象、象外之景也！

水阔碧空的含鄱口，此时尽是一片"白浪排空"、雨湿鸥羽、天晴地昏的渺茫景象，此景自然就呼出了"撕开暮霭寻明月，揉碎斜阳换皓辉"的凛然之笔。直抒胸臆，可谓壮士之情志！"撕开""揉碎"不仅充分展示了诗人浪漫风格的大手笔，更有"寻明月""换皓辉"之句形象鲜活，视野开阔，而且也说明诗人在现实与理想之间的矛盾中尝试幻觉出更美好的空间与浪漫。使得月光可以寻得，斜阳可以换掉，可谓赤子情怀，耿耿不已也！

颔、颈两联是虚实相生、情景相衔。颔联写实藏虚，颈联主虚藏实，虚实互补，其构思严谨，手笔精妙，不仅意律两工，同时具有语言创新、简洁无华的特点，非大诗人所不能！

诗人经过一番思想情绪的碰撞、情感的迸发后便回归尾联："但得宵宵清似昼，初心切切莫相违"，这样一种相对冷静的心态和一种对美好的向往与寄托，表达出一种深层次的哲学理念和人生的价值观、一个理想与现实统一的社会价值。"但得"用得十分贴切，告诉人们"宵宵清似昼"必然需要付出，不违初心，不忘进取。这是诗人思想境界的展现，是理想与初心的物化。

诗人激情满怀地把含鄱口遇暮雨的景象刻画得淋漓尽致。诗人围绕暮雨这个形象给读者展现了一幅"逼真、鲜活、动静有次、体位有序、浓淡清晰"的大画卷，可谓栩栩如生矣！

【樵夫点评】此诗句工意深沉，用词有新意，如"撕开""揉碎"两词，用词新且妥帖，大好！

南山感怀寄永昌兄

岭亘①南天气自雄，穿云踏雾势凌空。

足嬉碧浪千山雨，头顶惊雷十级风。

可羡初心终不弃，犹怜污水始难通。

艰危未尽巍峨在，但与松梅苦乐同。

注释：

①亘：连绵不断。

【郭云赏析】《南山感怀寄永昌兄》是一首登高之作。该诗的首联"岭亘南天气自雄，穿云踏雾势凌空"，是诗人登上南山俯仰天地，感慨万千，对触目可见的波澜壮阔的景象的印象。诗人登临远眺看到峰与天连，云雾缭绕，气势磅礴的景象，必情以物兴，兴于景生。尤其是"气自雄……势凌空"，这就为全篇埋下了底蕴。该联名为写山之气象，实为写人之格度，潜藏着诗人风云之胆气和壮士之情怀。

领联"足嬉碧浪千山雨，头顶惊雷十级风"，是首联呈转而来，是首联的继续与扩展。如果说首联是以写虚、写意为主，则该联是以写实、状物为主。诗人漫步于南山之巅，身处渺茫大雨，头顶着闪电霹雳和扑面而来的十级大风，却依然神态自若，此真乃壮士情怀。该联是一个经纬、纵横句式结构，是一幅动静并存的画卷，形象逼真，意象明快。浪、雨、山、雷电的动态气象一览无余、尽收眼底，进而衬托出诗人英气勃发的伟岸气度。

颈联"可美初心终不弃，犹怜污水始难通"，是由上联的物境转向心境的意象再现，亦是该诗的肯綮所在，正是寄人之旨。诗人一展乐观自信的风采，尤其是"可美"与"犹怜"这个递进式句子用得十分巧妙。前者告诉对方在这坎坷人生道路中，在这风云变幻的潮流里，我们能恪守初心，始终坚定道德与理想的光明，这正是值得我们骄傲与自信的事情。这种骄傲与自信的人生哲理，绝非盲目地骄傲与自信，而是诗人的自我鞭策与自励。

该联从逻辑内在联系看，是一个因果句式。由于初心不弃方能污水难通也！可见诗人的精神防线固若金汤。从艺术手法上看，颈联不仅律意两工，而且有创新之格。尤其是因果相对，既不同于通常的平对，又不同于流水之对，显得老到自然，别有新意。

尾联"艰危未尽巍峨在，但与松梅苦乐同"，是诗人情感的升华。诗人登高望远，睹物生情。该联似乎在宽慰对方，又在告诫自己：前面的路还很长，在未来的征程中，还会有"千山雨""十级风"，依然是跌宕起伏，荆棘丛生。但诗人依旧雄心不减，仍如松梅一样，敢在风雪中耸立挺拔。这里表现了诗人笑对艰难的乐观精神，再次展现了诗人豁达乐观的精神，具有浪漫风格的色彩。

该作品意象雄浑、情感深沉、状物鲜明。在艺术创作上作者尽力体现立象以尽意、造境以传情、观物以求奇的艺术理念。首尾关联十分巧妙。情感上喜与忧在潜藏中传递，审美上在壮与优之间穿插。读者能在这鲜明的景象中，有实景、实物、实事之感，同时能有感悟不尽的象外之旨、文外之趣、诗中咀嚼不尽之意味的魅力感。

【樵夫点评】永昌全名文永昌，为堂主挚友。诗人曾言及此人：学历不高人品高。能入堂主法眼，视为挚友的甚少，永昌为其中之一。

浪淘沙·暴雨

似注破天惊，电闪雷鸣。九霄①秋汉②决堤倾，
弥漫南山云雨雾，不见棠城。

洪水貌狰狞，浩浩无情。千川熟稻浪冲平，
急令司神修雨簿，还我晴明！

注释：

①九霄：天之极高处。

②秋汉：秋季的天河。

【郭云赏析】这是词人目睹一场暴雨给稻田造成灾难性的损失后填的一首为民生而呐喊的词。从中不难看出词人忧百姓之疾苦的情怀。

词的上片着重叙述了暴雨的程度与状态。首句直奔主题，仅用五个字就描绘了暴雨的程度与气势：雨如注如倾往地面淌，好像天破了一个大口子，惊人魂魄。一个"注"字足以看到暴雨来势猛烈、急促，雨点之密集且如瓢泼盆倾之状！接下来诗人依时空范围，对暴雨从实景上进一步地刻画，画出了一幅立体图。首句以虚为主，接下来"电闪雷鸣""秋汉决堤"，以致整个棠城都淹没在雨雾中，是以实景为基石的虚实相生的意象。是一幅动静相间、明暗互补、远近相衬、形象逼真的动画。

下片紧紧围绕暴雨和洪水所造成的灾难，再次勾勒了一幅画卷。这时词人的情感，所表现的是悲凉和痛心。尤其是面对"千川熟稻浪冲平"的场景，词人的心情表现得更为郁勃不平，恨"洪水貌狰狞"，又恨雨神不顾黎民之痛苦，所以要对天呐喊："急令司神修雨簿，还我晴明！"好一个异想天开的想象。在词人眼里"雨簿"是可以修改的，尽管这些想象有几分梦幻、几分天真，但这些超脱现实的心境，切实反映了词人迫切想减轻洪水所造成损失的情感，可以说是"先天下之忧而忧，后天下之乐而乐"的再现。

该作品虽属小令，却融合了大气象。从头到尾词人的心境沉郁顿挫，文势跌宕起伏。景随情显，气随境壮，情于景藏。其情绪沉浮圆合，断续无迹。其结尾既是为民生呼唤，又蕴含一种寄托与希望。其构思巧妙独到，颇为神奇之笔也！

荒山石
——自况走笔赠章书记

寝颜不贱屹荒芜，阅尽人间废立①书。

难学花嚣千岭艳，自甘鸟寂一峰孤。

天雷滚滚初心在，地火熊熊悔意无。

莫怨今生为弃石，聊②将碎骨垫征途。

注释：
①废立：废除旧王另立新君，此处指世事变幻。
②聊：姑且。

【郭云赏析】该诗是一首托物言志的抒情之作。作品用赠人作为标题，咏怀自己对于人生的态度，展现了其崇高的哲学境界。

首联，诗人开门见山地陈述了对人生的态度，定格了自己不屈不挠、堂堂正正的人生格度。尤其是一个"屹"字，展现了一位伟岸正派、铮铮铁骨的形象。一些人看来，一块普普通通的貌寝野石远比不上通灵宝玉珍贵，但就是这样一块"石头"，却能屹立于野山荒芜之地，阅尽人间的风云变幻，赏尽尘世的不同滋味，真可谓言简意涵深。

颔联"难学花嚣千岭艳，自甘鸟寂一峰孤"，是对首联的细化，用叙述的艺术手笔，抒发诗人的内在情感，进而展示了自己生活的态度、人生的内涵。这是诗人不为名利，远离那些熏风浊水，为事业而恪守初衷的高风亮节的体现。该联亦是该诗艺术精华之处。诗人由于巧妙地应用情感与时空相互依赖的辩证关系，使读者感到情感的跌宕自然、手笔的变化细腻，意象鲜明，对应巧妙。如"嚣"与"艳"、"寂"与"孤"不仅律工，而在情景的交融上可谓情与景会，"景与情合"四个字就把诗人的人生价值展现得淋漓尽致了，令人折服！

颈联"天雷滚滚初心在，地火熊熊悔意无"表明诗人思想境界又登上了一个更高层次的台阶，并与颔联互为辩证统一地展现出一个完整的审美观和世界观的整体。尤其是用"天雷""地火"来比喻诗人人生中遇到的千难万险，这也正是对颔联"花嚣"与"鸟寂"、"艳"与"孤"内涵的挖掘，是诗人最本质的行为与态度及洗练人生的昭示。颈联与颔联的内在联系妙在衔接"构而坚，束而劲"。两联从时空上、情感上由淡到浓的转变、由静到动、由稳健到热烈的变化，自然地描绘了一个完整、美的人生观念。可谓婉而有味，浑而无迹！

尾联"莫怨今生为弃石，聊将碎骨垫征途"，是对该作品从情感到境界的高度统一。该联前半句以情景为主，后半句虚实相生，情与景融，展现了诗人未来美好的人生画卷，余味无穷！尤其是"垫"

字，情中有景，虚中含实，充分凸显了诗人的风骨情怀。

总之，该诗整体意境环扣圆紧，文气连贯，有一气呵成之感。无论是情感的浓烈与淡雅，还是时空的前后高低参差变化，以及手笔的灵活稳健和情绪的老成，都十分娴熟自如。本诗不仅展现了诗人的人格魅力，同时对诗人的艺术风格也是一个充分的聚焦。相信《荒山石——自况走笔赠章书记》一定会受到读者的青睐。

赠侄

白日妖魔闹，嘶声动紫微[①]。

风来空穴动，雨去彩霞飞。

高岭黄莺唤，大洋游子归。

寒流千万里，赤胆扫阴霏。

注释：

【题解】友人子不屑于美之贸易争端，日前脱美籍携巨金归国。诗人以诗赞之。

①紫微：即紫微垣，星官名。也指帝王宫殿。此处形容动静较大，有惊扰天帝乾坤之意。

【郭云赏析】《赠侄》之作是诗人赠予晚辈的一首五律。从诗人注释中可知该作品的背景。小侄这一行动是对美国打压中国的一种藐视和抗议，是崇高的爱国主义情怀，同时给把自己的资本纷纷转移到国外的人一记响亮的耳光。

诗人能有如此敏锐的眼力，并且及时抓住这一典型事例进行渲染与赞扬，这绝非偶然之事，而是诗人爱国主义思想的体现，也是对家国情怀的呼唤。

作品前两联"白日妖魔闹，嘶声动紫微。风来空穴动，雨去彩霞飞"是一个单元，以"妖魔闹"为主轴，用"赋"的手法，比喻的辞格，形象地描绘了一幅美国挑起贸易争端的动画图。这不仅是中美贸易争端的状态，也是世界贸易争端的动态。这里的"妖魔闹""动紫微"是对美国挑起贸易争端在时空上事态与力度的录像。

颔联"风来空穴动，雨去彩霞飞"笔锋回旋，把画面切换了一个角度。用风雨的变化，幻化出"空穴颤"与"彩霞飞"巧妙对立的意象中，忽然看到光芒四射的前景。

该联承上启下，脊如山峰挺拔，意境恢宏，可谓神来之笔！

颈联与尾联"高岭黄莺唤，大洋游子归。寒流千万里，赤胆扫阴霏"则以心境为主，是虚中有实、实中生虚的一幅感人的画卷。诗人用"黄莺唤""游子归"的巧妙映衬，不仅律工，而且也反映出了诗人的愉悦之情。由上联的"雨去彩霞飞"转化为一种不可抑制的兴奋，令人心旷神怡。诗人用"雨去彩霞飞"和"高岭黄莺唤"上下两联的内在联系来引申出"大洋游子归"美的境界可谓妙哉！美哉！该画面说明了诗人的艺术境界高人一筹！

尾联的"寒流千万里，赤胆扫阴霏"是诗人对作品中的主人公爱国情操的凸显与赞美。在中美贸易争端如此激烈的时刻，侄子能克服种种艰难困苦，冲出险境，带着自己的巨资回国，其精神怎不令国人折服！我想该作品如果与读者见面，一定会引起很强烈的社会反响。

该作品无论从思想境界，还是其艺术境界独有其风格，发端有力，如同雷霆之势为该作品铺设了基奠，抹了底色。颔联与颈联，跌宕起伏与委婉穿插环扣，赋比兴自然熔于一炉。尾联又能冷静抒情，圆润收笔，给人一种浓淡匀称、水墨清新之感，多有亮点，意味深长。可谓好诗！

答友人陶廷梅问

早岁疏狂不畏难，胯夫无力妄扛天。

登阶始悟灵山远，接橹方知彼岸悬。

石乱征程坚似铁，心忧世态薄如烟。

几番夜半曾惊梦，为有初衷敢向前。

【郭云赏析】这是一首以问答方式抒发情感的诗。

答问作品因为作者处于被动的思维状态，所以没有丰富经验的作者，没有厚实文学功底的诗人，是很难做出满意的答卷的。

首联"早岁疏狂不畏难，胯夫无力妄扛天"，既是诗之兴，又是从时空上着笔，对自己少年人生的回味和综述。从"疏狂"可知诗人少年时候的童真与率意。接下来的"胯夫"句是对上句内涵的进一步陈述。这里诗人用了"胯夫"这个典故来形容和描述自己少时生计窘迫，有如同韩信一样的少年人生之苦楚。诗人用典如话不留雕琢之痕，可谓高手。该联关键是一个"妄"字，"妄扛天"尽管力小但有擎天之胸怀。可见少年时期的诗人虽生活窘迫，但并不气馁。也许正是少年孤贫，在流离失所的生涯中塑造了他特有的个性，可见一个"妄"字把"疏狂"与"胯夫"融合一炉，充分展示了诗人少年时代的非凡气质。

领联"登阶始悟灵山远，接橹方知彼岸悬"，是诗人对后来人生历练的认知。该联不仅是时空上的放大与拉长，更是诗人成长过程经验教训的提炼与积累。由于诗人巧妙地用了"灵山"这个《山海经》中古老的典故，使得该联倍有内涵，充分反映了他是一位兼具理想主义与现实主义的诗人、一位有抱负的诗人。灵山传说是一座仙山，住着10位大仙，山上有天梯，仙人从此升降，上下于天地间为民采集仙药，这是诗人当年的天真与好奇的追求。该联

"远"与"悬"是虚实相容、情趣与理趣相生的范例。

颈联"石乱征程坚似铁,心忧世态薄如烟",与颔联是相互关联的一种意象,是两个互补的不同侧面,或者说是对颔联中的"灵山远""彼岸悬"的诠释。该联中的"石乱"与"心忧"是诗人在为事业奋斗征程中,信心与忧虑的矛盾反映。"坚似铁""薄如烟"这一对对立矛盾的相互渗透、相互抗争,也是他生活中的现实。但从"坚似铁"句足以看到诗人信心百倍!名家的才华,此处可见一斑。

尾联"几番夜半曾惊梦,为有初衷敢向前"是诗人情感的集约,也是诗人对今后事业中困难的充分的精神准备和对成功的信念的坚贞体现。"惊梦"过去有,今后依然会有。只要有几分"疏狂"的勇气、几分"妄扛天"的雄心,有登"灵山"的愿望,又有钢铁般的意志,何愁不到彼岸?

尾联是对友人提出问题的洗练。人生如同一粒闪光的金子,但又并非一开始就是金子。如果不经历"灵山远""彼岸悬""薄如烟"的砥砺,可能永远是一粒沙子。只要初心不变,有追求,就一定会登上"灵山"之巅峰!这就是诗人完美的答卷。怎不令人荡气回肠,拍手称道乎!

该作品从艺术价值上看是成功的，情感抒发自然真实，如"疏狂""妄"等都是自己真实情绪感受。还如，"登阶""接橹""石乱""心忧"以及"惊梦"等都是诗人在立业创业道路上所遇所感。作品始终把叙事与哲理贯通，缘情体物浑然天成，用典不留痕迹，通篇给人语浅而意深、词淡味浓之美。

此首诗可谓是一首既咏性又抒情的佳作。

登大河沟无名山

穿凶走险上危崖，淌过湍流日已斜。

阵阵晚风迎紫燕，萋萋芳草接绯霞。

破天乱石三千处，腾雾萦烟一两家。

漫道荒芜人迹少，山幽绝胜市喧哗。

【郭云赏析】《登大河沟无名山》是一首意象清秀、情感丰满的抒情之作。诗人通过登上无名山的所观所感，咏物写志，悟出了一个极其深刻的哲理，塑造了一幅绝美的画卷，令人神往。

首联"穿凶走险上危崖，淌过湍流日已斜"，诗人描绘了登山之险、登临之晚。尤其是"凶""湍"与"斜"词简意明，从时空上画出了一幅三维空间。读者既看到山道之险，又看到时临夕阳。该联又是诗人以山之险奇、水之湍急为兴，为通篇抹了底色、铺了基奠，自然把读者引进了"心远地自偏"之感受。

颔联承上启下，是一幅气脉呼应、虚实相生的画卷。该联用"阵阵""萋萋"两个重叠词，生动鲜明地描绘了无名山傍晚的物候形态。清爽之晚风，芳香之绿草，伴随着翱翔的紫燕，映丽之晚霞令人神往。尤其是"迎"与"接"诗人巧妙地给风与草赋予了生命，使之人格化，更显得气象之活泼生机！颔联展现了该作品时代性强、境界鲜明、诗人情怀超然高昂的特点。

颈联"破天乱石三千处，腾雾萦烟一两家"是对颔联的进一步扩展。如果说上联是以虚景、远景为主，那么该联重点凸显了身边景或实景，充分映照了此时此地情和境的自然统一。尤其是"破天乱石"，破天即开天辟地也，意为天地分割时的荒野乱石。可见该无名山是一个很少有人干扰的原始仙境。"三千处"形容多的意思。"腾雾萦烟"同样说明了无名山美若仙境。"一两家"说明居住人家极少之意。"三千处""一两家"多与少之比，不仅格律工整，更反映了境界之美、之宁、之净。

尾联"漫道荒芜人迹少，山幽绝胜市喧哗"可谓寄情深长、托意高远，既道出了诗人人生之真意，又富于情趣和理趣。尤其是"幽"与"喧"的巧妙相对，托举了"胜"的高度，充分揭示出闹市的噪声等污染，使人们无比向往那种天然之"幽"，产生回归自然的迫切愿望，再次反映出诗人的审美观念及超脱的人生境界。

总之，《登大河沟无名山》诗句铿锵雄健，朴素无华。诗人能以情观景，又以景写情，情景交融浑然天成。本诗通篇给人以胸次含宏，起伏有力，跌宕气韵浑生，其语词浅洁、情感真切。尤结尾清音有余，托意高远，具有鲜明的时代特色。可谓手笔之范例乎！

夏逢暴雨

银河决口水汩汩①，似泻如倾状似帘。

雨海东来淹九壤，云峰北向撼三天②。

雷惊到处千山抖，电闪过时万胆寒。

我驭飙风驱黑雾，乾坤朗朗日高悬。

注释：

①汩汩：水势盛大貌。

②三天：我国古代关于天体的学说，有浑天、宣夜、盖天三家，称为"三天"。此处泛指天空。

【郭云赏析】夏天遇到暴雨，本乃寻常事，可此时的诗人却与众不同，神奇地进入另外一种思维模式，把读者引进了别有洞天的哲学境界，超凡脱俗的思维理念，这大概就是诗性思维吧。

首联写银河决口，其状如帘，倾泻而下的恢宏气势触景立兴。"帘"字最为逼真。物象的变化转换得如此巧妙自然，拓宽了美的范围，升华了美的语境，可谓"俪采百字之偶，争价一句之奇，情必极貌以写物，辞必穷力而追新！"（《文心雕龙》），争奇竞新俨然应为当代诗人的追求，邓辉应为其中的佼佼者。

二、三两联承上启下，把虚景实体化、实景情感化，使虚实相融、浓淡参差、高低错落，动静回旋之美跃然纸上，同时为诗人过渡到尾联埋了一个伏笔。这里诗人没有怨气与惆怅，不像古人那样"心惆怅，把佳期翻为灾瘴"（陆采语）。恰恰相反，展现出的却是另外一种姿态、一种气度，大有截断昆仑之势、曳滞乾坤之力，尤其是"我驭飙风驱黑雾，乾坤朗朗日高悬"。那种拿云驱雾的大无畏姿态，不正是一种时代精神吗！诗人能把一种平凡的物象升华为深刻的哲理、脱俗的高尚情操，贵乎？贵也！

梦与友夜游，会大雨

相携涉涧过幽林，欲揽云涛上险嵚①。

握紧柔荑②心惴惴，望穿秋水泪涔涔。

灵犀一瓣通朝暮，斑竹三枝③论古今。

夜雨无情浇绮梦，怨惊两地共琴音。

注释：

①嵚（qīn）：形容山势高峻、高险。

②柔荑：指女人的手。

③斑竹三枝：昔舜巡游，死。女英，娥皇痛哭泪尽继之以血，洒于竹上遂呈斑状，故名斑竹。二女思舜，焉知舜不思二女耶？故吾云三枝也。

【郭云赏析】这是一首寄情于梦的抒情作品。从通篇的语气色调看，友，应是一位女友。这梦的基础就是诗人与友人之间的活动经历。这种经历愈深刻，情感就愈真切，梦中的机遇就会更多。应该说这个梦是现实的升华，是诗人寄托的情思。

首联诗人交代了此次与友人梦中相会的背景。一开头诗人就刻画出一个神话般的环境和神奇的构思：在大雨中两人牵着手蹚过河流，穿过森林，登上险峰，这反映了诗人为追求更美好的生活与未来，敢冒千难万险去追寻——穿云涛、上险嵚。此处可见这位友人与诗人的关系非同寻常！

颔联"握紧柔荑心惴惴，望穿秋水泪涔涔"，该联是该诗中最传神的部分，准确地刻画了两人当时的心理矛盾与冲突。尤其是"惴惴""涔涔"用语十分精到形象。试想，在那漆黑的夜晚又下着连绵不断的秋雨，两人站在咆哮的山洪与风浪中，自然会有一种惶恐不安的恐惧心理。再加上对诗人拉着对方柔软的手的细腻刻画，说明诗人对友人的情爱是十分挚诚的，这时的惶恐与呵护是一致的。因此勾画了场景背后更为深刻的意象、值得回味的情愫。

颈联"灵犀一瓣通朝暮，斑竹三枝论古今"是承上启下的转折。诗人用灵犀一瓣似乎放开了眼界，用斑竹这个典故，说明古今离合悲欢的事太多了，自己又如何能避免得了呢！只好面对现实吧。诗人能一改古人那种伤而无奈，能从一种感伤的情绪中摆脱这种惆怅的局面，是诗人良好哲学修养的体现。能把浪漫与现实高度统一，可谓大家风范。该联由于诗人巧妙地把古典搭配升华为一种时代风采，令人感佩不已！

尾联"夜雨无情浇绮梦，怨惊两地共琴音"，是诗人被大雨惊醒后表现出的一种留恋无奈的情景，这是对前三联的贯通与提炼。从"绮梦"可知梦中状况还是十分有滋有味的，从"雨无情""怨惊""琴音"充分表明诗人只愿沉睡不愿醒来的心态。因雨催梦醒，一场与友人共欢乐的景象化为烟消云散，留下的是一种无奈的尴尬情绪。怎能不怨不恨呢！琴音乃琴心，这是司马相如与卓文君的爱情故事中传递情意的标志，可见诗人与友人的情感不同一般。

该联并未了却诗人那种相思相念的感伤，一个"两地琴音"给读者留下了无限遐想。"夜雨无情"和一个"怨"字不知恨到何日哉！看是梦中之境，实为心中之境，看是写梦实为传情！堪为大家手笔！

秋雨夜寄人

岂敢①只身②涉险河，老来最怕忆蹉跎。

风吹野岭千支笛，雨打蕉丛③一首歌。

竹簟④清凉新梦少，心旌⑤炽热⑥旧情多。

秦时月照今宵浪，几度刘郎⑦逐逝波。

注释：

①岂敢：怎么敢，哪里敢。

②只身：孤单一人。

③蕉丛：芭蕉丛。

④簟（diàn）：竹席。

⑤心旌（xīn jīng）：心神，神思。

⑥炽热（chì rè）：形容温度极高。

⑦刘郎：指东汉刘晨。相传刘晨和阮肇入天台山采药，为仙女所邀，留半年，求归，抵家子孙已七世。

【郭云赏析】这是一首即兴作品。《围炉诗话》云："诗乃心声，心由境起。"该诗至少可说明两点：其一说明诗人与友人非常情，其二可以判断此时诗人的情绪处于非向知己诉说不可之境。

首联直奔主题，"岂敢只身涉险河，老来最怕忆蹉跎"，尤"险河"句，使读者仿佛感受到了这样一个气氛：周遭一片夜幕迷茫，大雨滂沱，河水猛涨，作者在雨骤风狂、人事寂寥的情景中，对友人的思念也就更为迫切。"岂敢"孤身去涉秋洪泛滥的险境呢！急于得到友人的鼓励与支持，分担压力，暗示了诗人与友人之关系深婉、真挚、奇妙。

颔联把风吹原野的呼啸声、雨打芭蕉的噼啪声，化为凤箫玉笛的合奏、歌的共鸣。可见诗人无论从笔锋的潜藏，还是情感上的深婉，都展现了一位大诗人的艺术风采。

颈联"竹簟清凉新梦少，心旌炽热旧情多"颇有新意。此时诗人的情感从物境转向心境，由室外移向室内，从时空上的起伏跌宕，到思想情绪上的沉浮与宁静，实现了虚实相生意象上的升华，这说明诗人不仅在艺术表达上巧妙，而且在感情上的微妙变换更为出奇。新梦少，说明诗人对友人还一往情深，承接下来"心旌炽热旧情多"这种脱口而出、顺理成章之句真乃神来之笔，可谓天成之联也！这里将竹席与心旌比作自己内心感情的变化动态。

尾联"秦时月照今宵浪，几度刘郎逐逝波"，是虚实相融、情感抒发的延伸与扩展，是物象、意象、心境同一的艺术手笔，前半句是一个物是人非的时空变化，暗示了诗人不再是当年的意气风发的年华，反映了诗人怀旧的朴实、贴切、纯真的情怀，也是与首句相呼相映。

结句只是诗人一个虚拟的比喻，是艺术与情感的巧妙化用。读者可以感受到两人情感深婉、缠绵、细腻、微妙跳动的脉搏，其结句意味深长,委婉,深情,耐人寻味。

诗人状物清秀明丽，而抒情深婉含蓄，这种露与藏的辩证手笔可谓巧妙至极，令人赞叹！

该作品首尾衔接无隙，用典平稳巧妙，比兴娴熟老到，其手笔灵活多变，虚实融合自然，通篇自然流畅，跌宕有致。无论艺术境界还是感情的抒发，都展现了诗人不群的风格。

深夜吟寄人

小序：生日夜与友人舞后归家，久久不眠吟记。

久望长庚①总不眠，柔情似水漾心田。

一封微信千行泪，四海风波万里烟。

煎得黄连②皆是苦，酿来蜂蜜也曾甜。

周遭寂寂③灯光绝，依旧涛声动客船。

注释：

①长庚：长庚星，叫启明星，比太阳落得晚，所以叫长庚星，因为它出来得比太阳早，所以又叫启明星。

②黄连：一味中药，味道很苦。

③寂寂：形容寂静。

【郭云赏析】从小序可知，该作品是诗人生日与友人舞后，所写的一首抒怀之诗。

首联的"久望长庚总不眠，柔情似水漾心田"虚实相生。诗人舞后的情绪久久不能平静，默默地望着长庚星，还在品味跳舞时的情景。从"柔情似水"的鲜活形象的比喻中可知，此时无论是作者，还是读者的审美观念，瞬间可升华为一个神秘的层次，或强或弱，都会在情海中溅起一波浪花。

"柔情似水"是一个既古老又有时代特点的词语。作者在此能把一个古老，抒发特定情感的典故翻出新意真乃绝妙之笔。此时此刻，诗人与女友不正是"金风玉露一相逢，便胜却人间无数"切切真情的形象的凸显吗！无须赘言，仅其"柔情似水"的温馨感受足以说明，所忆之人与诗人必有缠绵之情，这就是失眠的缘由了，所以"久望长庚总不眠"来得太自然了。

颔联"一封微信千行泪，四海风波万里烟"重点陈述与回忆了双方别离后的思想情绪，与生活中所遇到各种困境的亲身感受。即是一封微信、一夜风雪，也要付出痛苦的情绪代价。尤其是"一封"与"千行"、"四海"与"万里"的巧妙对仗，深深地揭示了双方心灵上的创伤。该联所凸显的是一番凄凉悲楚的场景，几乎道尽两人之心思，读起来荡气回肠，感人肺腑。可谓力透纸背，令读者扼腕击节！

颈联"煎得黄连皆是苦，酿来蜂蜜也曾甜"，这一联是对颔联的展开与深沉的抒发，是性与情的统一、理与意的辩证，亦是对两人别离后所遇的苦与甜的高度认知，是对人生过程的深层次的揭示。生活就像是一服中药，百味俱全。乍看该联有几分感伤与悲观，实质上潜藏着一个积极的情绪与乐观的境界。该联把上面强烈的情感矛盾，转化为一个比较平静的状态。似乎感悟到"人有悲欢离合，月有阴晴圆缺"，不能一味沉浸在那"千行泪""万里烟"的苦短状态之中。情真则自深，只要情感真纯久长，又何必沉迷于艳情朝夕。尤其是"煎"与"酿"、"苦"与"甜"蕴含着很深沉的哲理，使读者感到情不浅露，凄清委婉，动人心魄，这里无须冗言。该联充分展现了诗人老成豁达的气度，无论在思想上还是在艺术上都极具品位。

尾联"周遭寂寂灯光绝，依旧涛声动客船"，诗人宕开笔墨，另辟蹊径，以富有感情色彩与内心的至诚，打造了一个以实景为主的画面，以情景水乳交融之巧、虚实相生之妙，展现出诗人当前之情绪状态。诗人默默地感受着四周寂寞的环境，品味着眼前的一切，似乎有几分心灰意冷的失落感，显然和前面的"柔情似水漾心田"场景是一个鲜明的对比。诗人或许是在留恋逝去的美好，此时灯灭人寂，但那逝去的美好时光的波涛还在打动着自己（客船）。

该联诗人巧妙地把情趣与理趣冶于一炉，独具风格，别有创意，表达了诗人对那柔情似水的过去的怀念。

总之，该作品语出至诚，感人至深，叙事抒情相间，自然流畅，令人在哀婉与浪漫中回荡，可见艺术精深。

【樵夫赏析】读罢此诗，不禁有点迷惘。诗人深夜不眠，吟诗为何？但看首尾两联就可以料定，此诗是写给一个女友的。据其《自传》第二卷草稿所透露，诗人由于出身卑微，故无论恋情还是婚姻，均坎坷万分。他与多名知识青年两情相悦，由于身为螟蛉子，身不由己，情难自主，所以最后都只落得个开花无结果的结局。故其诗中赠女友之诗也较多。尽管如此，然其至今仍与这些故友时有相聚。

首联看似平淡，却为全诗定下了基调。

颔联出句凸显了诗人与所寄之人曾有过不一般的"密接"关系，才会有"一封微信千行泪"，对句含蓄地暗示了此人早已远离了诗人，并且曾经发生了曲折生动的故事，故曰"风波""万里烟"。

颈联出句紧承颔联，可以说是对颔联"千行泪""四海风波"的延伸，是对这两个生动意象的诠释。这种诠释不是口号式、议论式的，"煎得黄连皆是苦""酿来蜂蜜也曾甜"这两个意象，形象生动地回顾了诗人与这个女友有过一段甜蜜的岁月，但最后却痛苦地分手了。

这里要指出的是颈联的对句还有一个结构作用——那就是水到渠成地引出了结句"依旧涛声动客船"，暗示诗人仍在怀念那"涛声"，这"涛声"

有时依旧在推动诗人心海里的客船。

全诗首尾连贯，一气呵成，意象鲜明生动，应是言情佳构。

复人谏

七彩霞光沐九州，古稀①谁说志难酬。

高天浩浩②无涯极③，险道悠悠有尽头。

弃马攀缘④神鬼惧，挺刀冲刺虎狼愁。

莫嘲廉颇三遗矢⑤，犹可弯弓射敌酋⑥。

注释：

①古稀：称人年七十。

②浩浩：浩瀚。

③涯极：无边无际。

④攀缘：攀登。

⑤廉颇三遗矢：廉颇为战国名将，年老后赋闲在家。后来赵王想看廉颇是否还能重用，于是派使者唐玖前去探视。廉颇为求起用，年老强饭，一饭

斗米，唐玖因受郭开贿赂，回到赵国邯郸城对赵王假说廉颇座谈间解三次大便，使赵王以为廉颇年老身衰，不予召用。

⑥敌酋：敌人的首领。

【郭云赏析】《复人谏》是诗人用诗的形式回复朋友的谏阻。诗中展现了诗人的一派豪迈慷慨的情怀，令人叫绝。

诗的发端气势雄浑，足见力透纸背之功力。用"七彩霞光沐九州"起兴，"古稀谁说志难酬"直抒胸臆，烘托了一个前景灿烂的场景，为全诗的情感垫底。此时好像一位满怀豪情逸兴的古稀老者跃然眼前。

颔联从时空上绘制了一幅广阔的画卷。该联充分反映了诗人的自信与乐观，并深藏着情与理的统一。诗人怀着坚定的信念，用"无涯极"告诉人们广阔的天地，无限的事业大有英雄用武之地。另一方面用险道有尽头句，展示了诗人自信满满、敢于纾困克难的乐观主义和大无畏精神。

颈联与颔联相辅相成，从不同角度叙述诗人在新的征程中，即使没有战马，也要只身挺刀驱散虎狼。可谓矫健壮烈、慷慨激昂！大有"俱怀逸兴壮思飞，

欲上青天览明月"的气势。前程中的困难，在诗人眼里恰如"太华生长松……岂为微飙折"（李白句）

尾联诗人以廉颇自喻，径直抒情，同时用坚定意志回复那个劝他闲居的人，该联环扣首尾，振起全篇。其笔力千钧、刻画入微、情感充沛、荡气回肠。

该诗别有个性。诗人始终把简约叙事和委婉抒情相统一，通篇充满了傲岸飘逸的大家风范，给读者一种情怀跌宕、笔锋回旋、逸韵起伏的浩然之美。可谓一首意律两工的好诗。

写自传《一萍浮海》有感

昔日谁人劝读书，少年觅食闯江湖。

飕飕①冷气锥②心髓，辘辘饥肠待谷麸。

浪迹千山求活路，萍踪四海是穷途。

三魂几③至黄泉界，可恨阎君不要吾。

注释：

①飕飕（sōu sōu）：形容风声。

②锥：用锥刺。

③几：几次。

【郭云赏析】该诗情致深婉，沉厚端默，笔力遒劲颇有内功，发端有骤响之功力。首联一个"劝"与"闯"对举并出气象万千，为全诗埋了伏笔，铺了底垫。故二、三联可谓妙手偶得、自然天成，可见诗人构思巧妙、铺陈严谨，有超脱的修辞技巧。尾联别有情趣，颇有新意，寄托与光明相间相融，展现了诗人豪迈浪漫的风度。诗中虽有几分"兴味萧然似野僧"的苦楚和"独行潭底影，数息树边身"的孤独感，但结句"可恨阁君不要吾"不仅传神，更具有希望与光明，可谓意味深长。

为微信名《幽篁》题

幽幽岭上万丛篁，叶茂枝疏不带香。

水墨勾描浓淡色，云岚裁剪暑寒装。

山崩岂绝深根脉，电击偏燃正气光。

素洁虚心迎四序，骄阳暴雪任炎凉。

【郭云赏析】这是一首咏物之作。竹作为比德的四君子之一，是高雅、坚贞、劲节的象征，故古人咏竹之作常见。该诗通过对"幽篁"品格的多方塑造、勾画、吟诵等修辞艺术，来表现诗人高尚的思想情操。是诗人思想境界和人生价值的象征。颇有个中滋味。

首联，通过岭上的万丛竹作为诗兴，又通过"不带香"句的自我陈述，为该诗铺陈了基色。所以"香"可谓点睛之妙，诗之眼也！

"不带香"这里的香绝非平常人所理解的酸苦甜等民俗之味，而是低俗、平庸与高雅、劲节两种不同人生修养的体现。竹没有"桃之夭夭，灼灼其华"的妖艳妩媚，亦不像"南国有佳人，容华若桃李"（曹植句），这种人面桃花的艳极，但竹那种独有的"贞姿曾冒雪，高节欲凌云"（孙岘句）的孤高出群、节高心贞、一扫滥情俗调的气质，正是那些平庸之辈所不能理解的。而"修篁独逸群"的刚毅脱俗、远见卓识的品格正是诗人气质的凸显。另外发端的"幽幽"亦有诗中三昧之妙！竹生长在空野，僻静深远之外，亦有"无人赏高节，徒自抱贞心"（梁·刘孝先句）的境况。但诗人依然能恪守"劲节亮不改"的高尚情操，令人崇尚，尊敬也！

至于颔联与颈联是对竹的品格展开与具化。诗人巧妙地运用了一系列意象，为岭上万顷修篁画了一幅唯美的画卷。"浓淡色""暑寒装""山崩""电击"等从时空上的不同环节、不同强度来表现竹之格、气、风、韵，甚至对其形容等如优、雅、柔、韧等给予绮丽的描绘。可谓清新鲜活之美、栩栩生动之感。

尾联通过直抒胸臆，对竹之品格进行提升、概括和升华。那种孤高不群、洒脱坚贞、清风长流及虚心柔韧之特色倍显突出。令人回味不已。不失为一首咏物的好诗也！

观潮

风啸千军动，潮来万马奔。

声宏雷电怒，气壮震乾坤^①。

注释：

①乾坤：泛指天地。

【郭云赏析】这是一首仅有二十字的小诗。四组意象、八个要素描绘了万顷海波涨潮的生动画卷，可谓气势磅礴。作者巧妙地运用了"赋、比、兴"艺术手法的统一，通过精心地勾画、娴熟地铺叙，环环紧扣，神奇地运用了"千军动，万马奔，雷电怒，震乾坤"这些意象的个性特色与"风、潮、声、气"，有机地艺术地组合为一个壮观开阔的场景，使之声形俱备的生动形象跃然纸上，鲜活生动。古人有"海色雨中开，涛飞江上台。声驱千骑疾，气卷万山来"等观潮佳句，邓辉能与古人血脉相承并非偶然，可见诗人有非凡的艺术功力、良好的个性修养、长久的气质格度、雄厚的语言驾驭能力。该作品充分彰显了诗人格高气畅的精神气派与风貌，令人鼓舞。

开学工作会上赠同仁

鞍鞯①未卸又登程，我自扬鞭奋大旌②。

仰望云峰天底暗，回观来路眼中明。

滔滔雪浪汪洋险，个个船员技艺精。

履③热披寒冬夏苦，金秋笑阅凯旋兵。

注释：
①鞍鞯（ān jiān）：马鞍和马鞍下面的垫子。
②旌：旗帜。
③履：踩。

【郭云赏析】邓辉同志在教育界40余年的足迹，可以说是垦荒的数十年、夯基的数十年、拼搏的数十年。在他眼里没有困难，工作中没有歇脚、没有满足与畏怯，只有奋斗与乐观。即使面对征途中的险坑、湍流，即便是遍野荆棘、雪崖、冰刀，他都直面对待，从不逃避。在他的诗集中，几乎处处蕴藏着这种精神的火花、燃烧着这种精神的光焰，这是支撑着他奋斗的力量。

这是一首激励士气、鼓舞斗志、催人上进的佳作。他把革命的乐观主义与正义感有机统一起来，在现实中孕育着理想的情怀，又在理想中贯穿现实的奋斗。他不仅表现了一个当代诗人的担当与魅力，更展现了一位教育家的胸怀。

首联"鞍鞯未卸又登程，我自扬鞭奋大旌"，气势磅礴直入主题，这也是邓辉一贯的艺术风格。借开学触景生情，作者并未明说，而是巧妙地揭开了该作品的序幕，堪为高手。接下来的后半句"我自扬鞭奋大旌"可谓文气豪迈，情感雄浑。开端就为作品铺垫了一层浓烈的底色，犹如天外飞来之笔，尤"奋大旌"，展现了诗人在新的一个学期胸有成竹、敢于担当的无畏无惧，崇高的人格风范。刘勰曾经讲："情理设位，文采行乎其中。"（《文心雕龙·熔裁》），故首联即该诗的基奠也！真乃精彩之笔，诗中之眼、篇中之轴乎！故令全篇沸腾，生机勃勃，情感飞扬。

接下来的颔联和颈联，诗人从时空、经纬的不同角度、不同场景为抒发情怀画出了一幅声、色、形俱有的全景画图。读者可感可看，无论雨雪交加、黑云压顶，还是恶浪险境，总是胸怀理想之光芒，都会一往无前扬帆破浪到达彼岸，到达峰顶，通往光明。该两联可谓一路波澜壮阔，画卷跌宕起伏，激情满怀，形象鲜活。这种笔力强健、挥洒有余的艺术风格令人折服！

尾联诗人进而抒发情感，也是对作品的整合，反映了诗人有信心有把握实现最终目标。待到酷暑寒冬过去，一定会迎来"笑阅凯旋兵"。好一派乐观主义精神！这是一个十分微妙的尾联，诗人突然从激流中做了一个"软着陆"，笔锋一转，冷静地涂抹了一笔"笑阅凯旋兵"，堪谓"淡妆浓抹总相宜"啊！真乃点睛之笔。好一个妙中滋味！也充分印证了诗人别具一格的艺术风范，岂能不令人叫绝！

该诗具有语句流畅自然、描写鲜明生动的特点。其气格伟然，诗力奇峭，境界恢宏深远。没有丝毫故弄玄虚、刀削斧凿之劣迹。不仅工律，更为情融。是一首励人斗志、动人情怀的佳作。

忆昔感悟

黔①山蜀水凄凉地，十载江湖误寄身。

只说沟渠埋饿殍②，谁知海岳③练畸人④。

天磨万劫成钢骨，蛊毒⑤千遭变铁筋。

苦难生涯真宝贝，资财岂止是金银。

注释：

①黔：贵州的简称。

②饿殍（è piǎo）：饿死的人。

③海岳：四海五岳，典出《新唐书·车服志》。

④畸人：奇特之人，典出《庄子·大宗师》。

⑤蛊毒：以毒药毒害人，而令人不知，谓之蛊毒。
典见《左传·昭元年》。

【郭云赏析】邓辉同志幼年所处的环境锤炼了
他的坚强、韧性、抱负与理想，他不但没有被这些
窘困所吓倒，反而成为一位光荣的教师，一位优秀

的董事长、校长，一位知名度很高的诗人。如他所说："天磨万劫成钢骨，蛊毒千遭变铁筋。"读邓辉的诗总能给人一种勇气、一束光明、一份哲理，使读者既抒情又明理，同时鼓劲，这就是诗的魅力与价值。

临镜自吟

霜星入鬓悄无声，对镜何须黯怆①情。

龟寿万年身尚健，松龄②千载叶还荣。

琴心未可随黄鹤，剑胆③犹能破敌营。

南靖④胡蛮军将在，踏平坎坷任纵横。

注释：
①黯怆（àn chuàng）：黯然神伤，悲伤。
②龟寿、松龄：指长寿。
③琴心、剑胆：比喻刚柔相济、任侠儒雅，既有情致，又有胆识。
④靖：平定。

【郭云赏析】该律诗从理论上讲，除首联的兴句，基本属于造境之作，或者是自我鼓励与慰藉之作。它反映了诗人内心活动的心象，是一首虚实相生的好诗，是一首精气神辩证统一，情、理、质积于一壶的绿茶良饮。品尝后确实令人沁肝脾、灵耳目、奋精神。

首联直入主题，比兴合一，实在令人精彩叫绝。作者从镜里看到了花白的鬓发，并未惊奇，反而显得十分从容淡定，用"何须黯怆情"自慰，表现了一位诗人胸襟坦荡的风采，很自然地为该诗抹上一层底色，恰如流光溢彩，如一束火炬一路引领读者的情感，驾驭着读者的情绪，使人光景满目。

颔联与颈联，诗人灵活地运用了龟、松、琴心、剑胆等看来似乎没有联系的意象，逐层陈述与剥离，使得虚境与场景结合。比兴与典故的巧妙衬托，使作品充满了鲜活与生气，彰显了诗之美感与绮靡，反映出诗人覃思精微、蕴意老到的风格。颔联亦是对首联的承接与转合的跳板，从龟的长寿、松的峻峭与繁茂，镶嵌了诗人对事物存与亡的独到的哲学理解。这种超越时空的品位，即景外之景、韵外之致，远不是文字中的水墨。尤其是用了琴心、剑胆这一刚一柔的正反对偶，使得这两联的艺术境界更加凸显。也进而映衬出诗人艺术风格的个性化追求。

尾联"南靖胡蛮军将在，踏平坎坷任纵横"，诗人直抒胸臆，亦是情感激发的高潮与结晶之处，有如充满压力的泉眼喷薄而出，展现了一股极大的冲击力，一泻千里。这种笔力豪隽、超迈横绝使人荡气回肠，可谓让人望尘莫及。

该作品如同一幅巨型水墨画，有壮观的场景，又有玲珑的心境，有恢宏的气魄，又有几分平静、淡雅、端庄之美，显得天然老成，充满辩证之道，并在动与静中参差飞动，尤其是尾联如一发不可驻足之骏骝，令人心襟奔放，可见诗之格，人之性，言之心声。"古往今来未有心不善而诗能佳者"（《随园诗话》），是也！

【樵夫点评】此诗彰显了诗人的爱国情怀。

偶题

生于草芥①带尘埃，自信前身是凤胎。

洒汗寒窗寻慧剑，浇苗杏苑育良材。

注释：

①草芥(jiè)：小草，比喻轻贱、微不足道的东西。

【郭云赏析】邓辉同志的作品中，总是燃烧着理想与信心的火花。他那崇高的信念，三生三世也不会有丝毫褪色。这些从大处着笔，于平凡中见新奇，含蓄幽默，担当奋进的脍炙人口的丽句佳作，已成为邓辉诗集中一道闪光的风景线。

【樵夫点评】闲适堂主倔强之秉性亦表现于对教育的执着，近半个世纪不离不弃，年逾古稀仍如此痴迷于杏坛，真乃罕见之事。

遣怀

博览吾天性，芸窗①久未临。

缠身多俗务，入耳少清音。

厌恶还佯②喜，晴明却道阴。

辛劳无所怨，最苦乃违心。

注释：
①芸窗：指书斋。
②佯：假装。

【郭云赏析】这是一首用意精深、用词简朴的抒情诗。通篇几乎是素描的写意手法，对自己似乎有几分内疚、自责的内心情绪，描绘得十分细腻委婉，笔墨着色巧妙，铺陈浓淡有致，意象疏密自如，其情感贴切真实，令读者深有共鸣之感。

首联"博览吾天性，芸窗久未临"，简单明了地用"博览""久未"两个偏正词组交代了自己的近况，通过首联可知诗人有一个酷爱读书的习惯，可惜事务缠身，很久没有到过阅览室、图书室、书屋了，吐情真切，一腔遗憾的心绪让人感慨无遗！

颔联"缠身多俗务，入耳少清音"，诗人用极其简约的语言、洗练的文字，勾画了一个鲜活的形象，像淡雅明快、贴切传神的写生画，如同小学生一幅天真无邪的素描。把诗人近来情感活动的轨迹，逼真地凸显于此，真乃精彩至极，令人感同身受，可见诗人的手笔超人，能在淡雅中见精深、平凡中出神韵。尤其是"多俗务""少清音"不仅律工，几乎有一种唯美的情趣。

颈联"厌恶还伴喜，晴明却道阴"侧重于心境的刻画。尤"恶伴喜""晴道阴"把诗人此时口是心非的形象与情绪，刻画得淋漓尽致，简直是一幅讽刺漫画，令人捧腹，此时一位襟怀坦荡的教育家、名诗人，成了一名小品演员。可见艺术的魅力，诗的意趣，象外之境，愈嚼愈有滋味。这绝非诗人个中之感受，而是一个社会通病，读者可自我感悟！

尾联"辛劳无所怨，最苦乃违心"，诗人直抒胸臆，境界全开。"辛无怨，苦违心"这个巧妙的艺术对称，深刻地再现出诗人铁打的个性、玉铸的风骨、对事业无私奉献的崇高品质，诗人是一位恪守初心敢于担当的典范。可谓尝胆何言苦，违心最可悲。亦是诗家的风采。

【樵夫点评】此诗非正直者不能吟出，非同其鸣嘤不可理解。

初学写诗有感

春秋^①过半尚愚痴，翰墨^②粗通妄学诗。

格律未谙^③粘对失，仄平常错韵偏离。

犹如瞽叟^④骑盲马，更似聋童听戏词。

纵使悬崖千丈险，誓临绝顶揽神奇。

愚叟

天生愚笨叩诗门，一日无吟欲断魂。

夜半觅来三两句，朝阳绘好绣黄昏。

冬夜改诗

半夜方眠又起身，飕飕⑤朔气⑥雾沉沉。

拼将铁杵消磨细，绣出河山万里春。

注释：

①春秋：年龄。

②翰墨：笔和墨，借指文章书画等。

③谙：熟悉。

④瞽叟（gǔ sǒu）：中国上古人物，汉族，虞姓，因双目失明故称"瞽叟"。

⑤飕飕：阴冷貌。

⑥朔气：寒气。

【郭云赏析】邓辉同志从不满足诗词创作的成就，他从小酷爱文学，尤其是对古典诗词情有独钟。童年由于流浪与贫困，很难有读书的条件，但他从不放过任何学习的机会，克服酷暑寒冬，终于成就了他的诗词梦，他插上了诗词的翅膀，成为当代颇有影响力的诗人。邓辉十分注重文学底蕴的修养。他作为近两万人名校的校长，工作压力是很难想象的，可他总要在忙中偷闲，即使夜半三更也在学习创作。

邓辉同志善于道前人所未道，总是在创新语言、提升意境、谋篇布局上舍得下功夫。与挚友谈诗论道、博采众长已成为他创作途径中的阳光雨露，常常为一字的审美意趣寝食不安。他为了古典诗词的传承与光大，常拿自己的薪水做一些社会公益，从一定意义上讲，他是一位地道的教育家与诗词活动家。

雨夜梦醒寄人

常忆伊人貌，相思不夜天。

雨摇春鸟瘦，风送玉箫寒。

潜入今宵梦，追回昨日缘。

卿卿犹在耳，岂料过邯郸^①。

注释:

①岂料过邯郸:唐人沉既济《枕中记》载,卢生在邯郸客店中遇道士吕翁,用其所授瓷枕,睡梦中历数十年富贵荣华。及醒,店主炊黄粱未熟。后因以"邯郸梦"喻虚幻之事。

【郭云赏析】尊崇美的观念,提升作品的审美境界,是该诗的一大亮点。邓辉同志的诗作,总能使人精神为之一畅,令人心旷神怡,有点"仰观宇宙之大,俯察品类之盛"(《兰亭序》)的感受。

首联"常忆伊人貌,相思不夜天",显然这些语言带有几分深沉、悲感的情绪,首联既是该诗的铺垫又是伏笔,诗人一副可怜与无奈的形象跃然纸上。伊人之貌在其心中跌宕起伏,"相思不夜天"的形象,生动真实,情感贴切,令人折腾起伏的意象油然而生,使读者可感、可触、可看、可悟。可见"伊人"非一般友人,应该是一位"巧笑倩兮,美目盼兮"委婉温柔的女性,两人或许有一段微妙的故事。

颔联"雨摇春鸟瘦,风送玉箫寒",该联用托物寄情的艺术手法,来抒发作者内心强烈的感伤。

句中的"春鸟瘦""玉箫寒"名曰咏物实为喻人，春雨春风，本是春天美好的象征，是"随风潜入夜，润物细无声"的美好时光，春鸟、玉箫亦是描写景明气清生机蓬勃的景象，而诗人面前却是一个"瘦"与"寒"的意象。可谓紧步"晓镜但愁云鬓改，夜吟应觉月光寒"（李商隐《无题》）之后！

诗人用推己及人的手笔，唯恐"伊人貌"的瘦与寒，可见此时的情绪正处于一波三折的痛苦之中，"瘦"与"寒"两字是该诗点睛传神之妙也！这种情思的深沉岂能安卧也！故"相思不夜天"也就自然而然了。

颈联"潜入今宵梦，追回昨日缘"，诗人用递进承转的手笔，借梦抒情。该联虽不像颔联那么含蓄，但这种铺陈直叙的艺术手笔更令人感到新鲜，更能激发读者的同共情，使全篇更富有活力。这种言外意、景外境尤为深远，该联具有极高的艺术价值和深刻的哲理。作者把"今宵梦"和"昨日缘"通过艺术的桥梁，使一段事过境迁的缘分重新复活，把一份过时的情爱，通过今宵梦跃然眼前，至少诗人在这个人面桃花的虚幻镜头中得以安慰，缓解"常忆伊人貌，相思不夜天"的心理压力。

可以说没有任何抽象的语言能替代"今宵梦"和"昨日缘",没有哪一组词语能比该联来得生动、形象,表现得如此真切,可谓精彩至极。

现实中缘分只是一种雾里看花,是一种可思不可及的现实。而梦中这种真爱却是自由的,是永恒的。此时的诗人突然从一个壮士的胸怀,化为一个真诚缠绵的儿女情怀。这是诗人道德情怀的崇高体现,是追求道德情操的典范。人生的情感是曲折的,但留下的真爱应该是透明的、永远的。这美好的回忆可具有"一弦一柱思华年"(李商隐《锦瑟》)之美也!

尾联"卿卿犹在耳,岂料过邯郸",既是梦中情感发展的高潮,又是这个美好梦幻的破灭。尾联十分精妙,尤其是"卿卿"缠绵委婉,细致入微,亦是审美价值的极致。另外这种卿卿甜蜜的相互安慰的时刻,突然梦到尽头,"岂料过邯郸"笔锋一转宕出新境,使人出其不意,梦幻中的感情交融从顶峰一落千丈,令人无奈!诗人娴熟地用了邯郸梦这个典故作为结语。

该诗的优势在于构思新颖精妙,语浅洁而情深切,用简朴的语言刻画出极其浓艳的情感,能把叙人情与状物态寓于一壶，使得情怀婉转回荡，情景相融无隙，细微中凸显神韵，这是诗人雄厚的文学底蕴的彰显，是难得的一首佳作。

咏红梅①

幽香出自一枝红，傲骨天生不畏风。

冷雪无情摧白草，彤云有过②压青峰。

任他猖獗掀霾雾，凭我安然伴竹松。

暴虐难移三友义，冰封时节更从容。

注释：

①标题原为《红梅自咏》，后从樵夫意见改为《咏红梅》。

②过：错误，名词。

【郭云赏析】这是一首用拟人的艺术手法来凸显红梅的贞洁、坚韧不拔的品质和高尚情操的诗歌。

"红梅自咏"或"咏红梅"，其内涵本无区别，一定意义上讲都是通过移就、比德等修辞格来完成的。无非是移人于物，或移物于物，皆是作者冰清玉洁的精神世界的体现。

首联"幽香出自一枝红，傲骨天生不畏风"是对红梅品格的概述，是铺垫与底色，是对全诗的引领，表达了红梅孤高雅洁的情志，亦是暗指诗人坚贞高尚的节操。陆游曾有"零落成泥碾作尘，只有香如故"，毛泽东咏梅名句"已是悬崖百丈冰，犹有花枝俏"，都是表现梅花的特殊品格和美的情操。诗人巧妙地从前人的名句中翻出新意并赋予时代的特色，可谓高手。首句的"香"与"红"用得十分经典，这不是常人一般感知的味与色，而是对红梅综合情操的冶炼。

颔联"冷雪无情摧白草，形云有过压青峰"，诗人用了比德的艺术手笔，用白草等来衬托红梅坚韧不拔的品格，把红梅的独标高格，再推上一层。白草经不起冰雪的摧残，青峰亦会被阴云遮盖。唯有红梅在风雪中依旧操守本色，即便是零落成泥，依然保持那一份清香。该联不仅意律工对，同时十分微妙。这里没有提到红梅，只是勾画了几乎与红梅无关的场景，但恰恰是无梅的场景起到承上启下的重要作用，把红梅的品格从另一角度推上了高层。可谓"不著一字，尽得风流"。如此写，就扩大和增添了诗的内涵与美感，可见诗人有厚实的古典文学底蕴。令人敬畏也！

颈联"任他猖獗掀霾雾，凭我安然伴竹松"与颔联是一个关联句式。这里的"他"泛指气象的变换，含指冷雪与彤云。"我"即"红梅"，喻作者自己。无论是彤云密布还是风雪猖獗，红梅依然陪伴着竹与松傲然屹立，操守高洁，固守志节。这里的梅竹松三友，应该是指诗人的工作团队。该联诗人塑造了一番虚实相生的场景，以实境承托心境抒发情感，使读者渐渐走进诗人的情感之中。该联微妙之处在于：境生象外，或味外之旨。读者通过诗中"他""我"的具体意象可引发更广远的美的联想，可超越作品本身形象的艺术画境。对此读者可以从中悟出：诗人及他的同仁前路并不乐观，肩上的担子十分沉重，可谓步履艰难也！

尾联"暴虐难移三友义，冰封时节更从容"直抒胸臆。该联重在虚写，从更深层次上阐述三友的意志，愈是暴虐猖獗、风雪猎猎，愈加从容镇定的大无畏的精神气质，充分展现了红梅"已是悬崖百丈冰，犹有花枝俏"的高尚品格，塑造了红梅俊美而坚韧不拔的形象，鼓舞人心。

该诗用拟人的艺术手法使红梅人格化，来凸显诗人冰清玉洁的高尚美德和坚韧不拔的精神境界。通篇气势雄浑，情怀委婉曲折，胸臆跌宕起伏，令人豪气昂扬，充分展现了诗人忠于党的事业，敢于担当、不畏邪恶、初心不变、锐志不减、红色不褪的时代风采，可谓民之榜样、官之典范也！

【樵夫点评】此诗旨在校事乎？吾观其未必尽然。据闲适堂主云：此诗非喻己，实颂一类不改初心、矢志为国之士。题目中一个"自"字恐导致误读，建议主人改为"咏红梅"为好。

漂泊者

一萍浮海苦无家，浪打风吹向四涯。

岭戴浓霜峰戴雪，晨餐淡雾暮餐霞。

穷途饮泪彤云暗，闹市吞声白日斜。

不信孤贫蒿芥命，是梅自会吐芳华。

【郭云赏析】这是一首跨越时空的感事抒怀之作。

诗人寄情于自己的少年时期，以那段不堪回首的流浪漂泊的历史为背景，用叙述、比兴、回忆等艺术手法形象地塑造了一幅诗人亲身经历的画卷。该作品如同一块吸铁石，紧紧地吸引着读者。

首联直切主题，犹爆竹骤响，开门见山。发端以比兴的艺术手法，用"一萍浮海苦无家，浪打风吹向四涯"直抒胸臆，塑造了以心境为主、虚实相生的场景。诗人用浮萍作比，铺垫了自己如同浮萍一样的漂泊生涯，给全诗抹上了一层凄苦感伤的色调，并移入读者的情感之中，即刻把读者引进了同情的悲苦境地。

颔联"岭戴浓霜峰戴雪，晨餐淡雾暮餐霞"，是对诗人漂泊日子的逼真写照。这一联情景巧妙结合，塑造了情景交融、可感可触的鲜明艺术形象，同时又有一种景在目前、情于景外，栩栩生动之感受。诗人用霜与雪典型的要素来衬托诗人流浪日子里的酸楚状态。同时又以雾、霞来表现这位漂泊少儿夜以继日的惶恐不安、空虚渺茫、内心矛盾的心态，令人同情。该联写得十分婉转传神、含蓄精到。尤其是"霞"与"雾"字用得十分经典，反映了一名孤苦伶仃的孩子多么渴望光明与温暖。当晚上卧草堆、盖霜雪的时候就希望有一个好梦，希望明天能看到光明，哪怕是一缕霞光的沐浴，也能得到一点儿温暖，哪怕是一束薪火的点燃，可醒来后依然一片惘然与失意，令读者感伤。

该联承接有力，是承上启下的扛鼎之句。反映了诗人渴望生活与阳光的迫切性与无可奈何的内心矛盾，是一位漂泊的少儿向社会发出的呐喊，对光明的渴望！从中我们可以感悟到，这位流浪的孤儿并没有失去对光明的期盼与希望，那纯朴的心灵中依然闪烁着对生活的希望与信心，相信生活总会好起来的。

颈联"穷途饮泪彤云暗，闹市吞声白日斜"，该联没有特别之处。诗人只是换了个角度，用"穷途""闹市"两个相互对立的意象，进一步深层次地叙述了诗人时年流浪漂泊的窘迫处境。尤用"彤云暗""白日斜"勾画了一幅迷茫的画境，有一种叫天天不应、叫地地不灵的感受。其场景浑然天成之美，栩栩如生跃然纸上，读者犹如身临其境。

尾联"不信孤贫蒿芥命，是梅自会吐芳华"，径直抒情。诗人一扫前面的低沉与酸楚的氛围，宕开格局，一种豁然开朗、光华冉冉的气象跃然眼前。尤其是"不信""自会"，显得颇有气势，情调高昂，笔墨酣畅，令人振奋。

作为上品艺术之作，作品通篇音谐意切，多佳句，其韵味跌宕开阖，委婉曲折，可谓掷地金声，动人心脾，不仅场景鲜活，境界开阔，情景浑然，更具有声色并茂、画面委婉含蓄之美感。做到写悲不入惨境，情不直露，窘不消沉。这种显与隐、豪与婉、开与合的创作艺术令人敬畏，充分反映了诗人高人一筹的哲学创作艺术和审美理念，亦是诗人高尚瑰玮人格魅力的凸显。

【樵夫点评】"晨餐淡雾暮餐霞"一句，郭老点评不无道理。但愚下以为，其句化自敦诚《赠曹雪芹》一诗的末句"满径蓬蒿老不华，举家食粥酒常赊。衡门僻巷愁今雨，废馆颓楼梦旧家。司业青钱留客醉，步兵白眼向人斜。阿谁肯与猪肝食？日望西山餐暮霞"。显然，邓诗此处有诉说枵腹无食凄苦，但孤傲不改之意。可参考《赠曹雪芹》一诗的解析。

小溪

一路欢歌一路忙，穿林绕岭出洪荒。

闲浇草木勤浇稻，早过城池晚过乡。

奔走皆求民获利，停留只为夜添光。

若能岁岁河清晏，蹈海捐躯亦不妨。

【郭云赏析】《小溪》写得清丽光辉，深宛灵动，一路低吟高唱，轩昂不羁，充满着勇往向前的生命动力。一派生机勃勃、自然流畅的景象跃然纸上，令人痛快欢娱！那些到过山涧、溪畔的人都会有亲身的感受。

首联直切小溪，灵动清冽、浪翻珠翠、击石飞花，高歌欢快的鲜活场景，为之美哉！那种一往无前的形态，如同出笼的小鸟，又如同长跑健将，无忧无虑奔向远方,其生动活泼、勇猛之场景即刻跃入眼帘。尤其是"一路欢歌"的人性化的描述令人犹如身临其境,产生心旷神怡之感受。

颔联和颈联诗人构思巧妙,描摹细腻,从不同角度,持其超脱平静的心境和灵活的修辞手笔,绘制了小溪不同时空范围的一幅流动画卷。诗人精心遣词,集约拈句,应用动静结合,远近参差,尤其是闲勤、早晚、奔获、停添,以及"浇草木""过城池""民获利""夜添光"等词组,充分描绘,不仅工对,而且精致妥帖,亮人眼目,把小溪的特点展现得淋漓尽致,成为该诗的艺术精华,境界高点,充分凸显了诗人的艺术魅力。此时的小溪已不是原来意义上的自在之物,而是一位造福人类无私奉献的英俊义士,可爱、可敬!此时的作者亦是一位诗人与画师集于一身的艺术大师。可谓独具匠心也!

尾联诗人直抒胸臆。诗人用移就的艺术手笔,使小溪人格化,此时的诗人即一条泠泠澄澈的小溪,小溪亦是一位超凡脱俗的诗人,有着即使粉身碎骨也在所不惜的崇高品格。诗人寄情于一条清澈的小溪。

该诗结构清晰、虚实相衔,其语言清新流畅、亲切温馨，其情感流淌于字里行间。不仅首尾环扣，同时境圆意润，是一首写景抒情的典型范例也！

【樵夫点评】愚下以为此诗尾联重在突出小溪的奉献精神，与环保无关。河清晏应是海晏河清的紧缩。晏：平静。海晏河清是太平盛世的意思。所以全联的大概意思是：若国家岁岁都能太平盛世，小溪不要说奔走、浇草浇稻、发电，就是粉身碎骨——蹈海捐躯也心甘情愿。

无眠夜寄人

西风瑟瑟夜深沉，欲醉狂歌少素琴。

北岸伊人眠浅浅，中天皓月照森森[1]。

遣溪小浪捎微信，寄意深情出赤心。

但做来生连理树，枝柯拥抱共晴阴。

注释：

①森森：明亮的样子。

【郭云赏析】该诗含思悽婉，情肠切切。作者虽没有明说夜寄何人，使自己如此相思，夜不能寐，但从作品的内容中可以肯定是一位曾有过真爱故事的情人。作者运用别有技巧的手法，没有回忆过去，而是书写当前相思的欲狂欲醉之情绪。作者用"西风瑟瑟夜深沉"打了个底色，这就描绘了一个痛苦的相思氛围。故而，眠浅浅、照森森、捎微信、出赤心等意象就顺理成章了。从尾联可见，两人的情爱尚未死心，并寄托在梦幻的来生，可谓苦也！令人同情矣！

【杨志学赏析】这是一首"寄人"之作。所寄者何？按诗中给出的信息是"伊人"，至于这"伊人"与抒情主人公的关系，则不必深究。动人心者，莫先乎情。我们只要关注作品所言之情即可。如题目所示，此诗表达了主人公深夜无眠，因无眠而怀人，渴望排遣孤独、消解郁闷的情怀。开篇"西风瑟瑟夜深沉"即营造出凄清孤寂的氛围。想要"狂歌"，却因"少素琴"而不得。言外之意是没有陪伴之人。接下来，诗的颔联引出"伊人"。"伊人"的状况如何？巧得很，她也是无眠，而一轮"皓月"照见了她的清冷。实际上，这可能都是主人公的一种假想和臆测。但它是美好的。按照这样的情感逻辑，如颈联所写，就有了进一步的行动：让阻隔"我们"的溪水给她发去微信吧，表达"我"的"衷情"和"赤心"。而尾联所言，就是"衷情"和"赤心"的具体内容——渴望共结连理却又只能寄托于"来生"。

不难看出，这是一首凄婉幽美的爱情诗，境界深沉，动人心魄。

当然，这首诗或许如李商隐的《无题》一样，并非爱情诗，作者而是另有所寄托，如果真是如此，那就见仁见智，更有诗味意境了。

【樵夫点评】吾曾为此诗主旨问过作者，作者云："说情爱之诗未尝不可，说其他亦可。其实，吾另有寄托，所言者，集团也。"

再谢小妹赠手制棉鞋

寂寂人声绝，三更梦已残。

银针飞素线，黑缎絮精棉。

织入卿心热，消除我脚寒。

沉沉情义重，可载几千船。

【郭云赏析】这是一首托物寄情的佳作。首联诗人用"寂寂人声绝，三更梦已残"铺开一个场景，用"静"与"残"两种意象，映衬出诗人思念小妹情绪的复杂程度，尤其一个"残"字，用得别有洞天，显得诗人有几分孤寂惆怅。

至于颔联和颈联，从表面看来的确是平淡无奇的叙述句，只是其角度不同。

结尾紧扣主题，是诗人情感的凝聚和沉淀，诗人眼中一双棉鞋的重量是无法用数学来演算的，感情的力量是不可估量的。一双鞋"可载几千船"，在现实中可谓无稽之谈，但在诗词中却是一种美的艺术形象，可见该诗余响袅袅，手笔过人也！

该作品的最大特点是诗人用极其平淡的语言，构造了一首艺术形象十分委婉动人的佳作。其情感十分深切、逼真，没有任何雕琢痕迹，每句几乎都是信手拈来，令人望尘莫及。

【杨志学赏析】邓辉的诗，题材多样，笔法多变，不变的是诗人的一颗滚烫的心和一腔炽热的情，这是他的众多诗篇打动人心的原因，《再谢小妹赠手制棉鞋》就是这样一首以情动人的诗。这里简单谈谈我阅读此诗的感受，供作者和读者参考。

打量此诗，诗的题目即值得玩味。题目中"再谢"二字，我觉得有两重含义：一是点明小妹的赠予和"我"的接受行为都已不止一次发生了；二是小妹赠物的真情让"我"产生的多次感恩的言行。

为什么要"再谢"呢？一是因为深知"手制棉鞋"的不易，尤其是在这个高速发展的工业化时代，若非出于真情谁肯给你"手制"？二是深刻体验到了"手制棉鞋"给身心带来的莫大舒适与温暖。

从诗的内容层次看，开头两句"寂寂人声绝，三更梦已残"是写境，可理解为小妹手工制作棉鞋的时间环境；接着三、四句"银针飞素线，黑缎絮精棉"概括制鞋的劳作过程，见出小妹技艺的娴熟和制鞋的用心，言语中流露出对小妹的由衷夸赞；五、六句，以"织入"对"消除"，以"心热"对"脚寒"，以"热"对"寒"，客观地传达了"手制棉鞋"的不凡功用；结尾二句进一步升华，虽不免有些夸饰，但因缘于作者的一腔真情便也不觉得离谱，真乃非如此表达不足以"再谢小妹赠手制棉鞋"之情啊！

【刘宝安赏析】这是一首阐发友情的即事五律。作者通过"手制棉鞋"倾吐对制鞋人的感佩之情。为了方便表达，他事先做了铺垫，即首联用"人声绝"和"梦已残"道出夜半三更、万籁俱寂的特定场景。颔联则析出"银针""素线""黑缎""精棉"四个意象，用来围绕"棉鞋"的主题去发挥，真是陈言务去，破题有道，力拔千钧。

颈联与颔联构成互为因果关系，因为有前者挑灯的辛劳，才使作者的腿脚得以慰藉和熨帖。而更深一层的意思在于：它推崇和升华了前者的付出，特别强调是由于妹"织入"了"心热"，方使兄"消除"了"脚寒"。这无疑增加了作品的感染力，其实这也是作者深邃的思维达到的效果。因此古人曾经说道："律诗主句或在起，或在结，或在中，而以在中为较难。"一经对照，就不难发现作者的功力，这对于我们来说也不无启发。

诗的尾联以"情义重"作结，而这沉沉的情义得用车载船装，真可谓"千车载不尽，万船装不完"。一个"情"字贯穿妹制棉鞋的始终，应该说这是"言有尽意无穷"的典型范例。

爱书至此，我们自然会想起孟郊的《游子吟》。

很显然，邓校长的化用是颇具匠心的。同是穿针引线，作者为了增加作品的厚重度及感染力，特意在开头用写景铺叙了周遭的氛围。接下来切入主题的描绘即步步深入、层层递进、环环相扣。最后将感情的烈火推向了极致，从而达到"诗已尽而味方永"、善之又善的效果。所以哲人说"诗者，天地之心，民之性情""诗贵性情，亦须论法"。作诗"不发乎情，即非礼义"这些名言警句，我们应该视为要旨。

邓校长本是性情中人，说他是情种一点儿也不为过。且有诗为证："大足通宵雨，杭州万里忧。""乱草生心上，忧情上指尖。""岭峻苍穹近，情真绮梦沉。""头枕歌声心揣梦，鹃啼锦韵涧流情。""辛酸泪叠千张纸，苦难情成几卷书。""寻芳枕湿温情泪，落魄诗吟冷雨篇。"由此窥豹，可见一斑。

五言律诗是最正规的律诗，它没有拗体，四梁八柱匀称着实，首句大多不用韵，邓校长这首五律亦然。通而观之，意象生动，意境幽深，对仗工稳，用韵规范，诗味隽永。尤其在炼字上很有特点，如"绝""残""素""精""热""寒"等字，还有叠字"寂寂"和"沉沉"也别具韵味。清人刘熙载在谈及章法炼句炼字时说，诗要贵乎炼者，尤要往活处炼，要在乎认取诗眼。他还说："诗眼，有全集之眼，有一篇之眼，有数句之眼，有一句之眼；有以数句为眼者，有以一句为眼者，有以一二字为眼者。"对照邓诗，悉数五言八句，其诗眼所居，尽在不言中。

无眠夜吟

鸟奏空山曲，风添野趣声。

人踪湮没尽，独坐望长庚。

【郭云赏析】诗人寄情于人烟阑珊的野外夜色之景，来抒发内心之情绪。前两句描绘了山间周围的夜色场景。由于夜幕所致环境显得十分空乏无趣，失去了白日的繁华，万物皆歇，只有偶尔的鸟鸣与风啸之声。这是一个空旷寂寥的意境。夜幕下诗人独坐野山，不是为听鸟闻风，亦不是寻趣觅乐，可以断定诗人内心隐藏着难以言喻的秘密。其场景看是写实但其情感于景外，令人深思。

三、四句诗人直抒胸臆。"人踪湮没尽"是对前两句情绪的继续并更加深沉。尤其是一个"尽"字几乎完全表现了诗人凝重的心思和无奈的感伤。第四句"独坐望长庚"是诗人独坐野山的缘由。长庚即长庚星，在古希腊是爱情的象征。此时的诗人给人一种无可奈何之沉默，苦苦地望着长庚星，大概是在回味自己曾经发生过的美好的爱情故事，或许是痛离苦别之伤心之感。独坐旷野的诗人犹如一只孤雁"望尽似犹见，哀多如更闻"（杜甫诗句），及"想伴侣、犹宿芦花，也曾念春前"（张炎词句）。试图通过长庚星来传递自己的内心感受。令人同情也！

该诗情感委婉曲折，其语词浅直通畅、平易自然。通篇几乎全是素描的手法，其形象鲜明贴切，情感附着巧妙。有别具一格的审美境界和其独特的艺术魅力。可谓一首意蕴深宛、耐人寻味的佳作。

【杨志学赏析】作者没有直抒胸臆，而是写得非常隐蔽和巧妙，把情感完全消融到周遭景物之中去了，使最后一句"独坐望长庚"带出了抒情主人公形象，但也只是以白描手法勾勒出了人物的姿态和轮廓。

此诗的逻辑结构是非常清晰的。前两句，诗人分别通过"鸟"和"风"来呈现大自然的美妙，且采用了烘托手法以动衬静；而第三句"人踪湮没尽"则是从写景到写人的过渡；第四句是写人。至于诗里表达了怎样的心情、心境，诗人则引而不发，可任由读者去发挥自己的想象。

【古木赏析】第一句浓缩了王维"空山新雨后，天气晚来秋"之意象，仅仅五个字还添加了鸟奏之意象，想象中一片寂静被鸟打破。风吹的声音接踵而来，些许的野趣，令人心旷神怡。

转折"人踪湮没尽"与柳宗元"万径人踪灭"有异曲同工之妙。巧在结句，作者此刻"独坐望长庚"，长庚，即西方的金星，中国民间称它为"太白金星"。

此篇短短20个字，用典化典，意象纷呈，用意象把意境含蓄地表达出来，不仅是享受着山水田园禅韵的空寂之美，同时也把暗暗地思念李白的情感暗示给读者（李白有"太白金星"之称），可谓今古诗人惺惺相惜，大妙！

【刘宝安赏析】五言以首句多不入韵为正格。但此诗首联用了对仗，这样就使第一句与第二句连缀得更加紧凑，实际上就在一定程度上弥补了韵脚稀疏的毛病。王之涣的"白日依山尽，黄河入海流"也是这个道理。此诗首联鸟与风的动态描写是为了衬托尾联的静；而结句却静中有动——作者身为大足城南中学的校长和董事长，他心系学校，日理冗繁，而夜静独思却是他的生活习惯。这里的"长庚"就是指太阳系中离地球最近的那颗星，夜为长庚，晨为启明。作者久望长庚，是凭借这颗金星来抒发和寄托自己的襟抱。历览作者的许多作品都洋溢着这种博大的家国情怀。如《秋山吟》《秋思遣怀》《登高遣怀》等。

总之，全诗意境深邃，不落俗套，很耐品读、欣赏。

拂晓登山走笔赠民办教育诸同仁

幽幽^①曲径树森森^②，独踏清霜上险岑^③。

雾镇^④青峰眠未醒，虫鸣白草响还沉。

乘风早惯炎凉味，驾梦犹怀日月心。

莫怨阴寒随只影，东方已动六龙吟。

注释：

①幽幽：深远的样子。

②森森：繁密的样子，这里指树木茂盛。

③岑：小而高的山。

④镇：笼罩之意。

【郭云赏析】该律是一首滋味、韵味兼具的好诗！

有背景，有现状，有希望与寄托，充满着激情之感，反映了当前教育界还不胜人心，还处于烟雾未散，欲醒还眠、欲响还沉的现状。但诗人并没有因路险、霜寒、淡凉而气馁，依然信心百倍，胸怀日月之心，希望寄托于六龙升腾之气象，光明就在前面。该诗形象鲜活，比兴自如，语言有委婉之美，虚实相映，是一首寄情于景的范例，说明诗人是一个有担当、有责任、有强烈事业感的人。其精神可贵矣！

夜半书愤

早岁安知路不平，豪情自在上云旌。

天梯万丈心如铁，雾海千重命似霓。

五岳高峰虽有意，一生绮梦总无凭。

披霜履雪松涛里，明月长歌伴远行。

【樵夫点评】从题目看，此诗为诗人失眠时作。其抒发之愤，全于颔联、颈联之中，诗人虽铁心要登万丈天梯，登上五岳，然绮梦成空，命运不济——雾千重。然尽管遇到如此坎坷，"寻好梦，梦难成"，但诗人仍然乐观旷达，痴心不改，披霜履雪，高歌前行。诗人于诗中如是说，于生活中、工作中亦是如此践行的。据我所知，近几年，堂主冲过一滩又一滩，滩滩皆是鬼门关，然堂主终是淡定以对，未见其唉声叹气、神色颓唐之时。

从教四十一年

四十年来泛是非，几番深海试安危。

风涛万里连天涌，桃李千株拔地奇。

自有丹心耕沃土，偏无黑水入清池。

老夫岂惧征途险，笑赌人生不悔棋。

【樵夫赏析】此诗应为诗人对教育生涯的一个小结。首联含蓄有度，据愚所知，其任教至今，几经波折，然痴心不改，故"泛是非"，意即"是非"总是不断冒出，尽管如此，其仍潜心于教育教学改革——"几番深海试安危"。诗人是以诗性思维、诗性语言，以意象来表达的，不畏困难，锐意改革，勾勒出了一个逆行者的形象。这就有别于老干体。

领联中的"风涛万里连天涌"承上，"桃李千株拔地奇"启下。在历经千难之后，小有成功，尚可慰藉其心灵。此联语言平淡，但"拔地奇"的意象应是其教育教学几十个春秋之凝练之语。

颈联"自有"对"偏无"、"丹心"对"黑水"、"耕沃土"对"入清池"，不仅对仗工整、意象分明，且升华了主题，将其心系教育、风清气正者的形象活脱脱地勾勒出来。

尾联颇豪迈且别出心裁，特别是"笑赌人生不悔棋"一句，诙谐幽默，非有"诗匪"之气者不能出。此诗不仅抒发了其对教育的一片赤诚，也彰显了其"无怨无悔"之旷达心态。

愚窃以为此诗应为励志之好诗。

【郭云赏析】《夜半书愤》《从教四十一年》都是雄浑自信、温婉含蓄之诗。这些诗充分印证了诗人有厚实的底蕴功夫，是值得一读的佳作。邓辉同志的作品工格律、艺精微、饱含意趣，新意颇多，别具风格，有诸多亮点和看点，并充满了哲学的妙趣、文学的韵味，意象上把健康进取、引人向上当作一根主轴、一条红线贯穿始终。

回乡途中有忆寄女友

狮子山头想碧莲，酸甜苦辣忆从前。

情初入醉因诗起①，恋后成痴为梦牵。

手挽青龙天降雨②，身依北塔地飘烟。

堪怜柳杪升明月，正是低声蜜语绵。

注释：

①因诗起：与之相恋，缘于其见我写的诗。

②手挽青龙天降雨：有一次与其及其他四人夜上高坪青龙场，适逢天雨路滑，无奈只好挽着其手前行。

【樵夫赏析】此诗系诗人返乡途中，触景而生发之回忆。

首联第一句交代了回忆之地、所忆之人，第二句"酸甜苦辣"四个形容词为全诗定下了感情基调，一看这四字，便知恋之结果。

颔联，句式灵动，此其一；对仗工整，此其二；内涵丰盈，此其三。其与"碧莲"实为"莲碧"相恋，因诗而起，可谓诗乃媒介物也。

此联中一"醉"一"痴"尤为妥帖且传神。情"醉"为因，"痴情"为果。这联若写成文当至少可达千字，然浓缩为14个字，可见中华诗词之高度凝练，亦体现了中华诗词的魅力无穷。

此诗颈联和尾联艺术性地展示了相恋中的三件事：一是雨夜去青龙场；二是雾天游北塔；三是月夜柳下幽会。这几句中"挽""依"及"低声""绵"用得不仅工稳且生动形象，表情达意十分准确。

试想在漆黑的雨夜，路滑难行。一位娇柔少女，非其力挽岂能前行，故一个"挽"字，在艺术表达上是很有张力的。

此诗题目原为《回乡途中忆初恋》，现改名为《回乡途中有忆寄女友》，愚曾就教于诗人。其复之曰："一是其初恋并非所忆之人；二是与未婚者称友较为妥当。"可见诗人创作之态度是严谨的。

赞僻壤教师

晨披轻雾去，暮染月光归。

曲径花香远，幽园果硕肥。

拼将心汗血，化作雨风晖。

换取千家乐，迎来大地菲。

【樵夫赏析】此诗妙就妙在全诗未做任何口号式的呼喊，而是以生动饱满的意象，来赞誉植根于"僻壤"教师的忘我精神，讴歌他们投身山乡教育之情怀，状写了山乡教师光辉的形象。

首联以晨披雾去，暮踏月归，概括出山乡教师的爱岗敬业——从早到晚立身于三尺讲台。这是为山乡莘莘学子付出辛劳的勤勉群像。

首联与颔联是一组因果复句。早出暮归，辛勤耕耘是"因"，而山乡尽管道路曲曲折折，但由于教师们的辛勤耕耘，成了"花香飘远，硕果满园"

之地是"果"，以其果来赞美山乡教师的辛勤付出。此两联没一个赘字闲词，毫无浮华词句，却字字落实于一个"赞"字。

颈联承接颔联"花香远""果硕肥"，写出了"结果"之"因"，显然这是一个倒置的因果复句。

正是因为僻壤教师"拼将心汗血，化作雨风晖"这个因，方才结下"花香远，果硕肥"之果，颈联"心汗血"对应"雨风晖"不仅对仗工整，而且准确生动，同时意象饱满而丰盈。

雨乃润物细无声之好雨；风是洋溢着淑气、吹面不寒的东风；晖为施光辅热、催万物勃发之春晖。这里诗人将来僻壤教书育人的教师隐喻为春雨、春风、春阳，不仅凸显了颔联之果，也使尾联的"千家乐""大地菲"有了依傍。毫不夸张地说，正是有了颔联和颈联的渲染和铺垫，尾联僻壤的"千家乐""大地菲"才能水到渠成而顺理成章。

尾联的千家乐，应为实写。你想，僻壤穷乡忽然来了一批"晨披雾去"、"暮踏月归"、爱岗敬业的老师，千家万户能不熙熙而乐吗？

而结句"迎来大地菲"却是虚写，是诗人对未来山乡教育美好前景的展望，也可以说是诗人对山乡学子犹如花草鲜美的前程的祝愿。

总之在诗人眼里和心中，僻壤穷乡有了这样一批教师，教育的未来是美不可言的。此诗对山乡教师的赞美真可谓不著一字，尽得风流啊！

从此诗的遣词用字、构思布局，足可见诗人的文学功底非浅俗之辈可比。

野生月季

吾非柱栋材，荒野没蒿莱。

久被炎凉劫，长经雨雪灾。

痴心终不改，小蕾独常开。

月月新香献，殷勤懒卖乖。

【樵夫赏析】此诗为诗人邓辉托物言志之作。首联"吾非柱栋材，荒野没蒿莱"，柱栋即屋柱与栋梁。诗人开门见山地以第一人称叙说了月季花苗不可为屋柱屋梁的事实，暗示其野生于荒僻之地、被湮没乱草中之因。

颔联以"炎凉劫""雨雪灾"这两个互补的意象，描绘了"野生月季"尽管"久被""长经"自然灾劫，但这月季却顽强地生存于野外。这就生动地彰显了"野生月季"不畏艰难困苦之意志和顽强的生命力。

为何其有如此坚定的意志和顽强的生命力呢？颈联紧承颔联做了明确无误的回答：痴心终不改。"终"，始终也。

此月季虽生于自然灾害横生之野外，然其"痴心不改、小蕾独常开"，可见其不以物喜、不以己悲之品质。请注意句中的一个"独"字，虽为常见熟语，然于此却是别有一番深意。此月季虽未长在温馨之家中，也非长于园圃中，而是长在自然灾害频仍之野外，但其偏有与众不同的品质，别具一格之见识，正因如此，才为"独"也。

第六句既承首颔两联，亦转出尾联之意，也就是说为尾联做了厚厚的铺垫。

尾联承上而结，毫无斧凿之痕。"月月心香献"，这不仅是"痴心"之所系、"痴心"之所现，同时也照应"常开"之"常"，这就将其"痴心"形象彰显于读者眼前。"心香"本为佛家语，即心中虔诚，如供佛之焚香，借指真诚之心意。在此诗中指的是月季，月季每月开花，将虔诚之馨香献给世人。这样就把月季的真诚而无私奉献展现了出来。

尾联不但赞扬了"野生月季"的奉献精神，而且还赞美了它不张扬、不炫耀、默默无闻、不计名利之高尚节操。如此一结，更将此诗之意境显得更为高远了。

这里，我们应明白两个词：

殷勤有几个含义：①情义深厚；②热情周到；③勤勉，勤奋；④巴结讨好。根据此诗上下句句意，诗人显然是取勤勉勤奋之意而用之。

卖乖，则是显示聪明乖巧以讨好于人。此句中有一关键词：懒，懒即懒惰。勤—懒对照是何等之鲜明。这样就凸显了没于荒野蒿莱之中的野生月季，月月勤于献馨香而懒于张扬，炫耀之意象更为丰盈，进一步彰显野生月季高洁的品质，使诗之意境更为深邃而高远。

此诗表象句句写野生月季，而隐象则是处处在讴歌处于困境中有情怀、默默无闻、甘于为自己所选择的事业而献身的人。此诗应是生活在底层而辛勤劳作者的一曲赞歌。

总之，此是一首正能量满满的托物言志的好诗。

山中寄塞外友

山间寻寂静，岂料竹声喧。

菊艳浓霜后，枫枯淡雪前。

荒蒿淹古道，落日下苍烟。

不畏今宵冷，但忧冰塞川。

【樵夫赏析】一艳一枯，一浓一淡，对仗工整，写意自然；落日下苍烟，转而不见转折之隙。尾承颈联转，卒章见志自然，不露斧凿之痕。

首联如石破天惊，给人一种惊诧莫名的感觉，上句说去"山间寻寂静"，而接句却是"岂料竹声喧"。

求静不得，反来"喧"闹，而此喧非人喧，非车喧，亦非鸟喧，而是竹涛之喧。此喧非彼喧，乃是以喧状静，即深山之中除"竹声喧"外，就阒寂无声了——哎！多美的一个幽静的世界噢！

颔联以"菊艳""枫枯""霜浓""雪淡"这些鲜活的意象，含蓄地交代了时令。此联"一艳一枯""一浓一淡"勾勒出秋冬交际之景。

　　颔联描写时令末特有之景致，而颈联则是描写薄暮山中之景象，连天荒蒿淹没了小道，泛黄的落照慢慢地沉入暮霭之中。

　　颔联三色：菊黄，枫枯（紫黑），霜雪洁白，而颈联又添了淡黄的落日色及青色烟雾似的暮霭，真是五彩缤纷，不仅如此，更重要的此联使秋去冬至原野的苍凉之美跃然纸上。

　　颔颈二联合构成了一幅色彩斑斓的彩色画卷，这就是诗中有画吧！

　　颈联这幅荒山薄暮苍凉图，其妙处在于"言有尽而意无穷"，使有限之物象平添了无限的意韵，让读者品味其独特的审美情趣。试想：于初冬时节的薄暮时分，当你独自一人行进在满眼荒蒿的小道上，望着夕阳落入轻烟般暮霭中，你心里是什么感受呢？是恬静、雅趣、苍凉，还是忧思……这难道不是言有尽而意无穷吗？

　　闲适堂主在此联中在用字选词上是下了一番功夫的，一"荒"，一"苍"，顿使意境全出。

颈联承上于无形，启下亦无痕。

如果说上面状写景物时，诗人着眼于自然景物的苍凉色调，那么"不畏今宵冷"这一句，可就充盈着豪迈之气了，这是心中之"意"的迸发。

而结句更是出乎意料又在情理之中。

诗人在初冬之夜不怕"冷"，但是，对生活于塞外冰封雪冻的友人却忧心忡忡。这一结句意象丰富，内含深意，外延无限。尽管"冰塞川"这个意象唐人就常用，但闲适堂主用于此是否别有深意也未可知也。或以"冰塞川"隐喻诗人之友遇到巨大而还没法解决的困难，比如生意亏损、婚姻出现裂痕，或病患缠身……总之，诗人用其于此，会令有心的读者浮想联翩，这是不是诗的张力之所在呢？

总之这是一首对仗工整、写意自然、通篇起承转合无斧凿之痕的好诗。

寒夜吟

淫雨横行久，黄花向晦阴。

听风风刺骨，看雾雾缠身。

冷寂随他意，晴明任我心。

氤氲①犹自在，岂惮入冬深。

注释：

①氤氲（yīn yūn）：烟气、烟云弥漫的样子。

【郭云赏析】《寒夜吟》一诗起承转合、井然有序，首联状写秋冬交季而冷雨连绵之时。尾联承颔颈两联，转合为一体。上句承"晴明任我心"，并以递进的句式写出"氤氲犹自在"，这就十分自然且妥帖地导出了"岂惮入冬深"。这既呼应了首联的"黄花向晦阴"，又写出不畏即将到来的严寒，这应看作是一个斗士的宣言。总之首尾呼应深化了主题，这首诗中二联大好。

颔联写景很有特色。它之所以有特色，是因为诗人娴熟地驾驭了通感这一修辞手法。我们平时言语中对风的言说与状写，往往是以大小、冷暖、早晚、四季等为切入点来描述，说道或状写雾往往也是以浓、淡、薄、清、黑、灰、早、晚或四季为切入点来写。可诗人却以独特诗性思维"听风风刺骨""看雾雾缠身"，此种诗性化的语言，初看觉得荒诞不经，仔细读来顿感状写入微，意味无穷，张力无限。

颈联上句，彰显了诗人豁达之心胸，而"晴明任我心"与上句不仅对仗工整，展示了诗人深厚的文学功底，更彰显了诗人的独创意识，同时也大大地升华了诗的主题：表现了诗人心中藏日月，冷暖如三春之情怀，也表现了诗人大无畏的精神，这样就使"岂惮入冬深"一句有了坚实铺垫。

综观全诗，应为写景抒情不可多得的佳作。

春日思归

春讯①何时下翠微②？风潜暗夜雨霏霏。

疏林渐露黄芽浅，碧水初升白鹭飞。

笋嫩油煎涎③欲滴，椿④香蛋炒客思归。

乡愁未忘苍苍鬓，屈指无期泪莫垂。

注释：
①春讯：春的信息。

②翠微：青翠的山色，形容山光水色青翠缥缈。也泛指青翠的山。

③涎（xián）：口水。

④椿：香椿，也叫椿树。落叶乔木。嫩叶具香味，可食。

【郭云点评】"笋嫩油煎涎欲滴，椿香蛋炒客思归。"好句乎！一碟笋丝，半碗炒饭，留恋半世春秋的乡愁，好一个纯朴之心灵、天真之执着，足以响金石、荡幽谷。堪为璞玉之真、澄怀之澈。

白露夜思友作

露白凉今夜，莺歌唱古风。

飞来非紫气，逝去乃霜鸿①。

寂寞疏林瘦，绵延峻岭空。

倾壶成巨饮，倩影有无中。

注释：

①霜鸿：霜雁。

【郭云点评】该诗有几分肃杀之意象，诗人有点孤独伤感，眼前露珠不再那么甘润，莺歌也没有那么悦耳，草木初凋，秋气凄凉，山岚失色。心中友人在醉意中时隐时现，诗人处在寂寞惆怅之中，情思尤切也！该作品有一种清婉沉郁之色，移情于景，意出此间，是李白《月下独酌》之化用也！

秋晨远眺

登高穿雾帐，四顾①路茫茫。

岭峻崖生险，秋深露转凉。

清宵怀菊梦，晓鸟断人肠。

怕见南归雁，故园山水长。

注释：

①顾：看。

【郭云点评】人生之难如攀蜀道！胸如大海之阔、素有豪放之气度的诗人，也难免有几分惆怅。犹如"举头望明月，低头思故乡"之意境。尾句言外之意深远乎！该诗如峭壁劲松，不求高远，而偏落得高远。不求赏识，而路人偏极目远眺，来得自然，行得洒脱。好诗。

再悼武春燕

伫①立无言孤独翁，悲填沟壑②眼迷蒙③。

红枫满岭卿离去，化作长天一彩虹。

注释：
①伫（zhù）立：长时间地站立。
②沟壑（hè）：山沟。
③迷蒙：本义形容烟雾弥漫，景物模糊，此处指因内心悲伤而眼中含泪，使眼前景物模糊。

【郭云点评】此诗情感凄孤，清怨深婉，切切之悲也！尾句笔锋一转对逝者之美好的升华多了几分悲痛，又是对生者之慰藉。奇句也！

鹰

但有痴心上九重，未曾喷气贯长虹①。

升腾岂②止三千里，降落犹栖万仞③峰。

拒饮浊泉宁④啜⑤露，甘餐碎石不跟风。

休言老病毛稀少，敢啸清音向碧空。

注释：

①长虹：彩虹。贯长虹：指气势很盛。

②岂：哪。

③仞（rèn）：古代长度单位，周制八尺，汉制七尺。万仞：指山高。

④宁（nìng）：宁可，宁愿。

⑤啜（chuò）：喝，饮。

【郭云点评】该诗遒劲雄浑，有直节劲气之感。

把鹰的性格写得像一个勇士，人秉气而生，诗同样秉气而活。尤其首联令人痛快，大有一唱三叹之感慨！该诗托喻清远，隽永深长。

【樵夫赏析】该诗首联写鹰"志高"而"难达"，但"痴心"犹在。"未曾""但有"即将此相反两层黏合起来了。

颔联之"岂止""犹栖""升腾""降落"表意十分准确，对比也特鲜明。此联句式灵动，无僵硬之感。

一升一降两句，尽现鹰志之高远，不同俗鸟。

颈联：一"拒"一"宁"，一"甘"一"不"，对比鲜明。这组对比，彰显了鹰不仅"志高远"且"品高洁"。

特别是"不跟风"三字，看似平淡无奇，实则内涵深厚，更是当今很少"鸟"能践行的。

"不跟风"为时下流行语，用于此诗，使此诗更具生活气息，更有时代感。

时下流行语于古诗中应慎用，否则会弄得不伦不类。然而诗人用在这里可谓一语双关，既指不跟着别人的方向飞行，也指不盲目、不加分析地跟着某种潮流走。拿捏得当，用得十分妥帖，足见其功底深厚。

尾联：老当益壮，不让少年。令人感佩！

公鸡

花衣五彩戴红冠，引颈长鸣眼向天。

众牡①相随仪仗队，群雏②紧傍特勤员。

刀磨霍霍须臾③事，命丧哀哀取次④间。

当日强争虫与米，到头谁不血斑斑？

注释：

①牡：本义是雄性动物的泛称，在此处指公鸡。

②雏（chú）：小鸡。

③须臾：一会儿，言时间短。

④取次：一个挨一个地；挨次；依次。

【郭云点评】公鸡一首，体物之细，描物之巧；尤二联之形象鲜活。尾联托喻之深远，有感悟不尽之意，不绝之钟声也！

【樵夫点评】此诗寓意深刻，窃以为对暴发户之流，对仗势欺人、炫爹炫妈之类，既有鞭笞之效，也可谓为一剂良药也。

临镜

华巅谷下布深沟，两小清潭傍浅丘。

几度春秋随冷暖，辛劳满满忘哀愁！

【郭云点评】随手拈句，随景吐情，句句景兼情语，难得自然也！尤"深、浅、冷、哀愁"句中之眼、篇中之魂矣！

【樵夫点评】生老病死，大自然给予人定下之铁律，然芸芸众生对此铁律态度各异。但概括起来，不外乎有三：一是面对老病，颓唐不安，长吁短叹；二是豁达开朗，顺其自然；三是知天命却生命不息，奋斗不已。有第三种秉性者，于人世间少之又少。然闲适堂主则是其少之又少之一也。读罢此诗，令人感佩不已。

中秋雨夜

雨蒙蒙胜^①月朦胧，驾雾追云上九重。

千丈侠情穿雨幕，万寻^②豪气去瑶宫^③。

红酥手酌黄藤酒^④，白发爷擎^⑤碧玉钟^⑥。

为有清吟连广宇，诗潮滚滚漾心中。

注释：

①胜：胜过，超过。

②寻：长度单位，八尺为寻。

③瑶宫：指神仙所居之处。

④红酥手酌黄藤酒：此句语出陆游《钗头凤·红酥手》，红酥手以手代人，黄藤酒是一种酒名，此处泛指酒。

⑤擎（qíng）：执，拿。

⑥碧玉钟：玉制的酒杯。

【郭云点评】该诗给读者留下一种大气与豪迈

之感受，端庄且浪漫，素雅且鲜活，语言流畅且情感浓烈。否则不会在云低月高、雨细点密的夜晚追云驾雾聚南山观月，可谓"白发爷"胜过"黑发郎"，尤首联一个"胜"与一个"追"其象外之象、境外之境使人回味不尽，令人羡慕！

冬晨登山抒所见

独在南山最上头，浩茫①混沌送金秋。

弥天罩地千重雾，入眼悬空一尺楼。

鸟咽灰霾呼吸紧，车淹白障②往来愁。

安能仗剑清寰③宇，红日青霄④沐绿畴。

注释：
①浩茫：广阔无际的样子，此处指雾很大。
②白障：白雾。
③寰（huán）宇：天下。
④青霄：青天，高空。

【郭云点评】该诗构思巧妙，章法排列，远近参差，高低错落，情景相融有序有度；情思深沉有忧虑、有寄托、有担当、有期盼、有佳句，如千重雾，一尺楼句，有鲜活之感，是个创新，是一首好诗。

【樵夫点评】此诗首联、颔联极写雾浓厚，颈联指出了雾霾对生物和交通带来的危害。尾联用写神话的浪漫和夸张手法，写出清污除浊，迎来红日青天。

愚窃以为，此诗应是诗人对眼下空气质量下降的不满和期盼环保现状好转的良好愿望。当然此诗还可理解成对反腐的期盼。

总之，诗无达诂也！

清明夜悼倩琼

望断长亭①复短亭，伤心夜怕啭②春莺。

牵魂化露三生泪，泣血成波两地情。

世广难求同患难，林深不见共鸣嘤③。

烟云尽处天涯路，月影流光过五更。

注释:

①长亭:十里一长亭,五里一短亭,均为离别之意。

②啭(zhuàn):鸟婉转地鸣叫。

③嘤(yīng):形容鸟叫或低而细微的声音,喻志趣相投的朋友。

【郭云点评】该律性情皆具,意象鲜明,情感奔涌。颔联意深句奇,读起来错落跌宕,情绪更具复杂化。尤其尾联深藏念友之苦楚,但能藏而不露,耐人寻味。

【樵夫赏析】据闲适堂主《自传》卷一及平时透露,唐倩琼是20世纪60年代因不得已之缘由,沦落于社会底层之少女,曾救诗人于将成饿殍之时。后因各被收容而分别,最后唐倩琼失踪。诗人数次寻觅而不得其音信。90年代,诗人又一次访寻时得知,倩琼已被暴徒凌辱致死多年。堂主悲悼其诗众也,若倩琼女士泉下有知,可感激涕零否?

此诗首联就给人一种极为悲痛之氛围:春莺叫声悦耳动听,诗人却"怕听",为何?原来望断长亭短亭,都见不到"倩琼"的倩影,故而伤心。伤心之人把春莺之叫也视为自己悲思之惊扰。

颔联兼用想象、夸张手法，表达对亡者的思念和割舍难断的感情。这一联写得既生动且巧妙，对仗也工整，将"露化为三生泪"，可见悲痛之深，"泣血成波"牵连阴阳"两地情"，诗人哭出的血泪成了波涛，流进阴曹地府连接了阴阳两界，也就是说"生生死死情难断"。

颈联进一步续写了诗人与亡者的感情之深厚，从闲适堂主人诗中多次见到其悼念这一女人的诗，这个亡者生前一度既是其恩人也应是其恋人，所以颈联中"世广难求同患难，林深不见共呜嘤"。

颔联叙情，此联重在叙写知己之义。

尾联也别有一番滋味：上句照应首联的"望断"，故烟云尽处天涯路，你看一"断"一"尽"，呼应何其巧妙。"月影流光过五更"，此句含蓄隽永，暗示诗人在清明夜，为悲痛的回忆所缠绕，整夜都缅怀那段是恋情又是知己之情的流金岁月。

登高思乡

长风送我去乡关，未了痴心遂愿难。

树上黄莺啼旧梦，怀中碧涧①涨新澜②。

几池春水山腰绿，一座空亭岭顶丹。

入眼青峰浮雾③里，云涯望断向谁边④?

注释：

①碧涧：碧绿的山间流水。

②澜：本义大波浪，此处指内心的波动。

③浮雾：飘浮在山中的雾气。

④谁边：哪边？

【郭云点评】该诗有一气呵成之势，起兴破题而立，如爆竹之声，好句。犹颔联妙笔心声，尾联有余音回旋。好诗。

【樵夫点评】此诗虚实相生，虚实互补为一特色。如"树上黄莺啼旧梦"为虚，因为莺啼之为何？

天知地知，你我不知。但诗性思维，谓之啼旧梦，后一句"怀中碧涧涨新澜"，"涨""新澜"不仅想象合理且张力无限。此为何种之"澜"？诗人未说，然读者可以顺上文"旧梦"接结句"云涯望断向谁边"，看，此"澜"为新出现的思乡惆怅之澜。这结句更是把思乡之彷徨、惆怅、无望表达得淋漓尽致了。

看旧照片有感

昔日如松小①汉津，扬鞭催马卷黄尘。

古稀②何敢称衰老，还望垂钓渭水滨③。

注释：
①小：小看，把……看小。
②古稀：七十岁。
③滨：水边，岸边。

【郭云点评】小诗大气象乃诗家惯例。"垂钓"气象万千也！用典堪谓精准、精典。如水中月、镜中花无楞无角圆润无痕。一张旧照片能有如此新远景，可谓奇思。看来老照片珍贵也！

夜梦寄游子

无眠孤坐望层霄，久隔银河苦寂寥。

昨夜琴声依旧韵，今朝脑海涨新潮。

张帆欲去香江远，寄梦难翻蜀岭高。

若得三生无憾事，婵娟①飞渡共今宵。

注释：
①婵娟：明月。

【郭云点评】该诗委婉含蓄，令人耳目一新，尤其是颔联不仅工巧，且奇妙也！品若香槟，饮如清茶，令人回味无穷。

惊梦起思校事

梦断琴弦起五更，流年欲计总无凭。

入山不觉歧途险，下海方知叠浪惊。

心路风涛三万里，世间雾幛一千层。

蓝天湛湛①终须待，几树黄鹂唤晓晴。

注释：

①湛湛：厚重的样子。蓝天湛湛：湛蓝的天空，比喻公平、正义。

【郭云点评】该诗写的是诗人在日常生活、工作中的烦恼琐事。诗人非仙人，时而超脱，时而又回归。不过毕竟不同常人，能自我解脱繁中之苦，尤结句令人回味不尽之滋味乎！

【樵夫赏析】此诗首联点明诗人心路之大环境："流年欲计总无凭"，此为喟叹近年计划所为之事总未成功。

颔联上句谓"不觉""险",下句谓"方知""惊",相对的两句补充了"总无凭"之原因。

颈联出句言主观思想波涛起伏,思想斗争激烈,对句极言客观世界困难重重。

结句卒章显志:尽管"计总无凭",主观、客观都是心障重重、困难多多,然诗人心中仍有"蓝天有待、晓晴将由莺唤即回",此即为诗人矢志不渝的教育情怀之表现。

此诗虚实兼并,先抑后扬,给人以"山重水复疑无路,柳暗花明又一村"之感。

飞西安机上吟

越过千山掠万江,蓝天浩瀚任徜徉。

近观脚下高低雾,远望心中小大洋。

世事苍黄①弹指变,人生黑白转眸忘。

但留三寸洪荒地,且把恩仇弃渺茫。

注释：

①苍黄：比喻事物变化反复。

【郭云点评】流畅奔放，如悬河而倾，骏骊脱缰，放而难收，去而不回，大气！同时工而不死、活而有格，尤尾句海量之风度，有回荡不尽之感慨。

【樵夫赏析】此诗如江河行地一泻千里。

中二联不仅对仗工整，且虚实相生，语带双关，特以颔联为最佳。

上句写实，飞机上望着机下高峰低谷、云遮雾绕——此为实写，然由对句看来，又并非全是如此。"远望心中小大洋"在去西安的飞机上，是根本见不到"小大洋"的，那么作者缘何要写上这么一笔呢？我想此时诗人见到自然界之高低雾，心中也涌出了非自然界的高低雾了。那么，此时诗人心中可能想起了自然界波涛翻滚的"小大洋"，更多的是非自然界的"小大洋"正在滚动着万顷波涛。

此并非愚之臆测。熟知诗人者皆知，其也亦坦然承认，他只要一觉醒来，便满脑子的校事，一个近两万人的民办教育集团，大大小小的校事，故"小大洋"在这里便有了着落。

颈联，既承接颔联，又一反前两联忧心忡忡，开启尾联劝慰自己抛弃一切顾忌和恩怨，留住"三寸洪荒地"的铺垫。我想，这"三寸洪荒地"应该是作者坚守不为一己之私办教育的初心吧！

大江吟

浩浩汤汤向渺茫，冲天劈岭入汪洋。

饥餐卵石无嗟①怨，渴饮污流有惋伤。

万里淘沙谁感佩，千年拓土我奔忙。

公平自在人心里，颁尔冰轮做奖章。

注释：
①嗟（jiē）怨：嗟叹怨恨。

【郭云点评】该诗有气魄、有风骨。情如江河，澎湃而出，真一个壮士情怀。尾联含蓄而高远，有绵长无穷之回味。该诗最佳为尾联，此联联想丰盈，虽语近平淡，然写出了意外，结尾一句凸显了诗人之浪漫的奇思妙想。

【樵夫赏析】此诗首联写大江一泻千里之势。上句浩浩汤汤极写大江水势壮阔之状。冲天劈岭，极写冲天，状水势高而猛烈；辟地，写水流势大而迅疾。这里要注意的是：向渺茫，入汪洋。为什么渺茫呢？是大江去汪洋路途遥远，还是前方模糊不清呢？

这就为下文留了一个悬念，自然地引出颔联。此联用拟人、象征手法，让大江人格化，"饥餐""渴饮"是人才有的行为。大江有吗？有！江水一路冲击，自然会卷走一些卵石，也会"饮"——汇入一些溪涧之水，大江饥餐卵石无怨无悔，但被迫无奈地饮下污水却有感伤。你看这"大江"忍辱求全地饮下被污染的水，为什么呢？在颈联，诗人就做了诠释：万里淘沙谁感佩，千年拓土我奔忙。原来它之所以忍辱求全，是因为它要"淘沙"开疆"拓土"。淘沙：将沙带入大海，将黄金留给大地；拓土：谁都知道，大江大河都会在其中下游造成冲积性沃土——平原。

你看"大江"对人类的贡献多大呢？可是谁感激过它，钦佩过它呢？但它仍不舍昼夜地奔忙。

尾联诗人用丰盈的想象，用大张力的夸张，要把"月亮"这枚光灿灿、硕大无比的奖章奖励给"大江"。

细咀嚼此诗，不得不被诗人大胆而浪漫，但又不脱离现实的艺术创作思维所折服。诗人以生动的意象，把江河抽象的精神人格化、形象化了，化无形为有形，从而使我们不得不感佩大江委曲求全、勤苦、奉献牺牲的精神。

暮游山

暮霭扶持老朽翁①，披襟弃杖向云峰。

幽篁万仞危巅上，恶棘三分瘠谷中。

雾涌滔滔来似浪，溪流滚滚去如龙。

若无若有箫声细，阵阵禅音送晚钟。

注释：
①老朽翁：老年人。

【郭云点评】该作品浑厚遒劲，有情绪，有精神。

首联如爆竹骤响，撼山荡谷！尾联微妙含蓄，不尽滋味令人回味。整体铺色浓烈与素描相间，令人有灵动之感，是一首词浅意深的好诗。

寄校执事者

入目铅云①重，凝寒锁雾嵚②。

心灰三万丈，意冷九千寻。

北海冰封紧，南峰鬼闹林。

无须忧险峻，众志主浮沉。

注释：
①铅云：看起来重的乌云。
②嵚（qīn）：形容山势高峻、高险。

【郭云点评】在冰崖上攀登，在泥潭中跋涉，自挑重担找苦吃，已成为邓辉同志工作与生活乐趣中不可或缺的一部分。在艰苦环境中，他总是保持着一种乐观的信念、昂扬的情绪；在困难面前总是展现出一派豪迈的气质，给人一种胸怀、一份性情、一股力量、一种鼓励。

【樵夫点评】民办中小学办学逐利已成"过去时"，有人流露出心灰意冷之意，故闲适堂主前三联所吟为民办教育眼下之势，结尾卒章见志，以鼓士气。

登山抒怀寄人

雪化寒犹在，披荆向远岑①。

林疏芳草浅，雾淡碧云深。

我欲乘春发，天偏使陆沉②。

飞高谁顾盼③，一翅任晴阴。

重游萍漂地

春满杜公④茅草堂，武侯⑤翠柏接晴光。

依依柳舞江流瘦，恰恰莺啼雨送香。

老客犹揣他日梦，蓉城⑥却卸旧时妆。

人生劫难非生死，只在征程短与长。

后记：20世纪60年代，年少孤苦落魄的我，流浪于成都达五年之久，今每临此地，总是五味杂陈。

注释：

①岑（cén）：小而高的山。

②陆沉：埋没。

③顾盼：向两旁或周围看来看去。

④杜公：杜甫，曾在成都筑草堂居住。

⑤武侯：指诸葛亮，成都有武侯祠。

⑥蓉城：指成都。

【郭云点评】此两首诗佳句佳联皆如珠玉闪烁，

令人喝彩。这些作品如同"塔势如涌出，孤高耸天宫。登临出世界，磴道盘虚空"。这些壮美的景象，形象巍壮的立体画面，是邓辉艺术境界与精神境界的综合展示，令人折服与敬畏。

【樵夫点评】此两首诗，"飞高谁顾盼，一翅任晴阴"与"人生劫难非生死，只在征程短与长"两联表现出的为办好人民满意教育鞠躬尽瘁的大无畏精神，令人感佩。试问天下能如是者有几人？

不屈松

根钻石隙自葱茏，铁骨铮铮立险峰。

夏顶风雷三万丈，冬披雪雾九千重。

热心招得延年鹤，冷眼旁观饮涧虹①。

任尔炎凉随甲子，由他逝水②向西东。

注释：

①饮涧虹：《梦溪笔谈》之卷二十一："世传虹能入溪涧饮水，信然……是时新雨霁，见虹下帐

前涧中……"诗中指世间奇景。

②逝水：一去不返的流水，比喻流逝的光阴。

【郭云点评】工与畅为律之要。该诗可谓工与畅双盈，律诗之范例也。诗人托松言志，借物抒情酣畅淋漓，动人魂魄，松之品格也！可见诗人把诗之境上升到了模山范水与修身养性的哲学境界，且天衣无缝。可贵！

【杨志学点评】这是一首咏物诗。"不屈松"的形象独特、有个性，也有风骨，寓意深沉，是"有我之境"的体现。

深山夜吟

夜深人语绝，石乱草虫鸣。

花影风摇曳，山溪水涨平。

岚消峰突现，云散月增明。

寂静怡心性，林泉养逸情。

【郭云点评】该诗情景浑然，动人心脾，予人美感和包蕴意味，乃上品。

【樵夫赏析】首联十分巧妙地交代了深山的幽静，"人语绝"对当今日夜于喧嚣中的我们来说，是多么可贵啊！下句进一步写深山之特色——"石乱"。

颔联凸显了深山夜色，从"山溪水涨平"一语可以看出诗人写的一定是暮春或初夏之景，否则何来"水涨平"呢？这三个字看似寻常，却是诗人着力之处，巧妙地交代时令。

颈联"岚消峰突现，云散月增明"这两种自然现象，看似平淡无奇，可是在深山之夜，月夜如白昼，奇峰在静谧的夜里是那么清晰地耸立在诗人的视野里，宛如一幅隽永无限水墨山水画，美得醉人。

前三联是景中见情，情隐于景中，而尾联则直抒胸臆。

一言以蔽之：此诗是情景交融、景中隐情。语言平淡，但平淡中可见奇峭。

春夜宿山中

久厌喧嚣市，游山洗浊尘。

春雕林似玉，月镀①水如银。

好雨风来细②，香花蝶去频。

踏歌谁击节？跣③足袒胸人。

注释：

①镀：本义是以金属附着到别的金属或物体表面，这里用了比拟手法。

②好雨风来细：化用苏轼词《减字木兰花》。

③跣（xiǎn）：光着（脚）。

【李联川赏析】我个人倒是更喜欢"好雨风来细"，似是脱化苏轼的"晓来风细"，却更添几分情致。常见的"细雨"或"风细"，只是直接修饰，也就只是客观描述。而此句着一"来"字，让风做主语，再与好雨搭配，似云"风亦有情，怜惜好雨，故而来得细，来得柔，来得多情"，于是，有情有义的"微风"便呼之欲出！拟人手法的巧妙使用，常见情景的陌生搭配，产生了比"好雨知时节"更新颖的情韵。这应该就是微型小说创作的熟悉的陌生感了，移用诗歌创作中也是浑然天成啊！

别京中诸友

参商①天正道，聚少别离多。

夜梦深潭水，晨惊烂斧柯②。

依依心忐忑，淅淅雨婆娑③。

莫怨关山远，天涯共电波。

注释：

①参商：古时指天上的参星和商星，古义指不相见、有距离。杜甫有诗云："人生不相见，动如参与商。"

②烂斧柯：同"烂柯"，喻指世事变迁。出自南朝梁·任昉《述异记》。

③婆娑：盘旋舞动的样子。

【武春燕赏析】首联定下基调，情深谊浓；颔联以桃花潭、烂柯人两个典故，进一步拓展诗歌意境；颈联连用叠字，平添一份诗趣，也使得韵味更浓；尾联，笔锋一收，意味深长，表达对友人的依依不舍之情，更为奇绝的是"天涯共电波"一句，诗人将现代科技用语融入了格律诗。

读某诗刊有感

细品诗词赋，沉吟辨浊清。

熙熙贪小利，攘攘混虚名。

笔下三分地，心中万里程。

高低犹已判，泾渭自分明。

【武春燕赏析】此诗给人思辨，蕴含哲理的感悟。在整首诗中，诗人的人生态度非常明朗，正是文如其人，"笔下三分地，心中万里程"，一语中的。万千世界，贪利者，混虚名者。而诗人笔下的三分地，耕耘的却是心中万里程。这三分地不是别的，就是诗坛之地，心中的万里程，既有其身在陋室而心驰万里之意，也有其写诗神思万里浪漫之情思。颔联与颈联对比，自然引出尾联——判高低，明泾渭了。我想诗人是希望其诗友淡泊名利为传承民族文化尽心尽力吧！

江干即景赠人

轻歌曼舞不轻狂，笑对喧嚣①自主张。

碧水粼粼漂月浪，粉腮扑扑漾春光。

良宵入醉何须酒，绮梦②萦怀尚有香。

但得来年端午夜，南山把臂咏流觞。

注释：

①喧嚣：指声音大而嘈杂、吵闹之意。这里指喧嚣的环境。

②绮梦：绮丽的梦，即美梦，多彩的梦。瞿秋白《乱弹·代序》：昆曲的轻歌曼舞的绮梦。

【武春燕赏析】这首诗，不同于邓校长以往豪放之风。比起那些豪放诗来，温婉很多，从中可看出诗人另一面的浪漫情怀。特别喜欢颔联，粼粼碧水荡漾着，月光如波似浪，画面温柔多情。"粉腮"可联想到春花朵朵，亦可联想到美人花丛俏，春光尽在。美不胜收。

夜望有思

月洗千峰秀，露滋天下新。

山空溪去响，林密鸟来频。

自在清幽境，偏忧混沌①尘。

安②能顽石③变，一指化穷贫。

注释：

①混沌：古代传说中指世界开辟前元气未分、

模糊一团的状态。

②安：怎么，岂。

③顽石：比喻愚蠢驽钝的人。

【武春燕赏析】喜欢这首诗的空灵之境，读来让人心似入深林空山之中，忘却了俗世之忧。此诗语言准确凝练，比如"洗"字，描绘出月光如水，峰谷清幽，焕然一新，不染一尘之境，此既是客观之境，亦如诗人远离俗务，置身于空山中之心境。但诗人偏有一颗忧天下之心。颈联尾联使得整首诗主旨升华，特好！

山乡晨望

披星踏露上山梁，为撷①晨曦向八荒②。

碧水澄清天一色，飞花姹紫雾同香。

莺啼翠霭③溪流韵，树戴红霞岭泛光。

自在峰巅望四野④，欲生双翼任翱翔。

注释：

①撷（xié）：摘下，取下。

②八荒：天下。

③霭（ǎi）：云气，烟雾。

④四野：四方的原野，在此处同"八荒"，指天下。

【武春燕赏析】正所谓登高望远，澄澈心扉。诗人披星戴月只为"撷晨曦"，此是何等心境，又是何等风雅。看花花笑，聆莺莺啼，嗅雾雾香。如此美景皆为心境所出，也可以说景为心生、心为景动。

此诗特别是颔、颈二联句式灵动，读来不仅幽香扑鼻且觉清光四溢，可谓难得的好联佳构。

【樵夫补遗】此诗用词讲究，"晨曦"可"撷"，"溪流"生"韵"，"红霞"乃为树之顶戴，如是这般，足见于其不同流俗也。

重逢

六十年前各死生，重逢痛哭动云旌^①。

沱江滚滚伤心泪，岭树凄凄落魄莺。

漫^②怨腥风驱旧雨，犹哀血剑辟新城。

休将梦魇^③从头叙，但把金樽^④洗别情。

注释：

【题解】1950 年，姐弟孤苦失散久矣，幸得重逢，得一律。

①云旌（jīng）：像旗帜一样迎风飘动的云。

②漫：全，都。

③梦魇（yǎn）：指噩梦，也比喻非常可怕的事。此处指姐弟孤苦失散之事。

④樽（zūn）：盛酒的容器，酒杯，此处代指酒。

【武春燕赏析】开篇一哭动云旌、感天地，一下抓住读者的心，也为下文打好铺垫。颔联，诗人进一步渲染这悲痛之情，正如王国维所说"一切景语皆情语"，山河为之动容，树木为之悲悯。颈联，一个"漫"字，把悲痛洒满这天地间，闻之恸，视之泣，意境全开。最后"休将"一词一合，从悲痛中走出，"拨开云雾见青天"，姐弟相见时一切情绪尽在金樽中，无须多言了。

【樵夫赏析】姐弟离散六十余载，诗人奔波近十遭，广告寻人三两次，然无着落。不知此番情事者，岂可知"哭动云旌"之分量。

感事寄沪上友

世事安能测，江湖恶浪凶。

山腰飞雾瘴①，壑底走狼熊。

路窄弯弯绕，心宽处处通。

莫忧寒气逼，昨夜梦春风。

注释：

①雾瘴：瘴气。出自清·屈大均《广东新语·天

语·雾》。

【武春燕点评】诗贵在真情，有生活底蕴，眼下许多自诩为正能量的代言人，总以喊一些不着边际的口号扬扬自得，其实这些一文不值，将如风云飘散无影踪。而邓辉的诗大多有"骨"。有人常说建安风骨，诗应有骨。这首《感事寄沪上友》应是有风骨的好诗。由设问，到梦春风，一气呵成，气势逼人。借用比喻把那些人生险恶踩在脚底，给人力量。起承转合，自然流畅。

【樵夫补遗】此诗颔颈两联很精彩。颔联极言雾毒路险，颈联出句犹言道窄且弯，对句转得有趣且别出心裁。"心宽处处通"，心宽万难亦在话下，处处可通者，还畏惧谁？这就自然引出结句，升华主题。

此诗旨在向上海友人释疑解惑。诗人曾私语吾，沪上友人见修《民办教育促进法》已成不可逆之事，担心其经不起此重击。

梦

瑶花^①开四野，碧树掩银阶。

气紫遮云阁，风香罩露台。

但闻琼佩^②响，不见玉人^③来。

翻醒犹神往，今宵可入怀?

注释：

①瑶花：指美丽、珍贵的花。瑶：形容美好、珍贵。

②琼佩：玉制的佩饰。

③玉人：雕琢玉器的工人。这里指对亲人或所爱者的爱称。

【武春燕点评】《梦》里琼花四野，碧树环抱，紫气绕银台，色彩纷呈，给人视觉上的冲击力，形成一幅美丽的画面，如一位丹青妙手。把如此美妙梦境呈现在人们面前，让人如何不神往？让读者安能不与作者同入梦而同梦醒呢？可见邓校长驾驭语言的功力。

邀友醉宿大河沟无名峰

莫笑当今乏古风，呼朋吟啸上危峰。

流觞曲水[①]传千韵，泼月清醪饮万盅。

沉醉豪情心不死，滞留绮梦理难容。

晓鸡三唤魂归窍，惊看青天走六龙[②]。

注释：

①流觞曲水：引用成语曲水流觞，是中国古代汉族民间的一种传统风俗，后来发展成为文人墨客诗酒唱酬的一种雅事。主要有两大作用：一是欢庆和娱乐，二是祈福免灾。

②六龙：一指太阳。二指把古代天子的车驾为六马，马八尺称龙，因以为天子车驾的代称。唐李白《蜀道难》："上有六龙回日之高标，下有冲波逆折之回川。"诗中指代太阳。

【武春燕点评】漂亮，有古风之气，古朴不失雅趣，喜欢这种曲水流觞，酣醉之态，率性真我。难得在世俗中保持一份清雅脱俗的风骨。

【樵夫点评】此诗洋溢着超脱的雅兴和不羁的豪兴，这种狂放与儒雅的结合，在二、三、四、五句均有溢出。

此登临之诗，一反极写登临之苦、极顶之欢欣的写法，而是"呼朋吟啸上危峰"，在气势上就奠定了高雅氛围。

【闲适堂主拾遗】大河沟于资中县境内。此名曰"大河沟"，其名实难副，两山对峙，耸入云天，中间一水流过，夏日水流大些，冬近于涸。吾20世纪50年代末12岁时，曾流落于此两日一夜，故2014年邀川省诗友乘雅兴登此山。

春意

阳雀①催来朔气②消，山南水北起香潮。

晴光万里柔风送，绿意千川暖雨浇。

靓③女轻歌邀蝶舞，清溪浅浪共花摇。

流莺唤得人多梦，缕缕相思寄笛箫。

注释：

①阳雀：杜鹃鸟的别名。

②朔（shuò）气：凛冽的北风。

③靓（liàng）女：漂亮的女子。

【马红军赏析】邓先生的诗，是以意象来确立、取舍文字的。他的诗注重语言的不尽之尽，逻辑上做了以少胜多的铺垫，特别强调意象与意象的特有结合，并通过意象结合来突破语言的凝固性、指称性和局限性。还直接诉之于观象、取象、构象等意象活动的写照。这种艺术表达不仅更接近古代诗歌意义上的艺术审美，更让邓先生的诗从感性化的意识中通过直觉体验诠释了诸多现代意象，达到有形而有气、无形也有气的气韵流行。故而使邓先生的诗气高而辞华、摇情而荡性，形诸舞咏。

为邛海①卧波古树题照

一株古树啸苍穹，惯看冰霜冷热风。

野鹜②喧嚣金霭里，虬③枝静卧碧波中。

如琼落日悬林杪④，似水流年逐浪峰。

休叹凄凉多困顿，傲然笑对夕阳红。

注释：

①邛（qióng）海：位于四川省凉山彝族自治州西昌市。

②野鹜（wù）：野鸭子。

③虬（qiú）枝：盘屈的树枝。

④林杪（miǎo）：树梢，林外。

【唐昌友赏析】首联：一株古树曾矗立大地，仰天而啸，睥睨苍穹，也曾惯看冰霜，也曾感受凉热。世间的冷暖悲欢，早成往事，一切风风雨雨都镌刻在年轮里。

颔联：夕阳的余晖洒在湖面，成群的野鸭嬉戏喧闹，而此时的古树，已然衰老，它安静地注视着粼粼波光，主干倾倒横卧水面，虬枝苍老低垂，只剩些许绿条抚着水波。

　　颈联：此刻的古树，根须仍深扎于大地，只是更加凝敛厚重，朴实无华。它看着悬在林梢的似如琼玉的落日，回想起青春年少时也曾踏浪竞逐的精彩与豪迈。只是如今，似水流年，风流往事，皆被雨打风吹去。

　　尾联：无须喟叹曾经为了生活的恓惶、艰辛与困顿，无须伤感曾经的朱颜不在，身老神衰。莫道桑榆晚，为霞尚满天。夕阳无限好，可歌与诗酒。

　　本诗以一棵古树为意象，刻画出一幅桑榆残照图，既写景写实，亦喻人喻事；既感叹生命的盛衰，亦歌咏生命的坚强。特别是尾联结句，更是表达出诗人那种不屈与乐观的精神。苍天无情，所以不老，人生有情，终将归去。且将忧患弃水中，化着闲云映霞红。

　　【江岚点评】句句咏物，然细细看来，又句句皆是诗家自身之写照，可谓深得咏物三昧。

　　【樵夫点评】苍苍老树，倒卧夕阳之下、碧波之中，依旧傲然笑对晚景，可见其襟怀也。

住院

昨年辞别今又来，九份烦忧一份哀。

生死由然天道①在，且将童趣觅②心开。

病中忆

孤身卧榻③忆流年，幸夺千峰闯万滩。

雨骤风狂人避后，将偏兵寡④我争先。

莫悲枯木黄多病，但喜新苗绿满川。

知己何劳酬⑤苦累，心装大爱势无边。

注释：

①天道：指运作永恒一切的道。

②觅：寻找，寻求。

③榻：矮床，泛指床。

④寡：少。

⑤酬：慰问。

【唐昌友赏析】两首诗处处表现出一种蔑视病魔、达观平和的从容心态。当生命步入秋天，当病魔摧残容颜，不是每个人都能这样平静地面对的。然而有一个人，幼年流浪四方，遍尝人间冷暖；中年呕心沥血，书写教育辉煌；而今已知天命，却又笔耕不辍，托诗言志，以词入药，为心灵搭建疗伤净地，为灵魂遮风避雨。这是一种要经历多少苦痛挣扎后才能拥有的人生情怀呢？

【樵夫点评】诗人久经沧桑，经千劫万难，已勘破生死，坦然面对，故方能吟出如此之句。

流星

风流①自在九重天，别母辞家②去不还。

是破层云潜大海，或穿淡月下高山。

拼遭晦暗③千年劫④，愿化光明一缕烟。

莫叹牺牲无价值，焚身换得叟童⑤欢。

注释：

①风流：风采特异。

②辞家：离开家。

③晦暗：昏暗阴沉的，无光的，与对句中的"光明"形成对比。

④劫：灾难。

⑤叟童：指老人与孩子。叟：年老的男子。

【唐昌友赏析】流星本是顽石一颗，不知来自何方去向何处，是自然中再寻常不过的自然景象了。然而，在诗人眼里，它却是一个志比天高的勇士，为了心中所愿，舍弃天宫繁华，无所畏惧，孤独前行，永不退缩……这首诗写得大气磅礴，充满豪情。"拼遭晦暗千年劫，愿化光明一缕烟"，字句间饱含动人心魄的力量，表达了为追求心中的理想不惜焚身的信念，读来令人荡气回肠。诗人信手的一阕，不经意就惊艳了整个夏夜的天空……

崖上梅

群英凋谢后，一树竞芳妍。

眼望峰峦路，身披雨雪衫。

痴心寻冷暖，傲骨历艰难。

纵使香消殒①，根深石隙②间。

注释：
①消殒（yǔn）：这里是消失的意思。殒，死去。
②石隙：石头缝隙。

【唐昌友赏析】《崖上梅》首联，梅凌寒独开，如志士险峰磊落独行，品行高洁；颔联，梅四季坚守与凝望，似知音，堪怜自比；颈联，梅历尽磨难，坚贞不屈，铁骨铮铮；尾联，梅零落成泥，留香而逝。诗人似以梅花自比，自明心迹，自抒怀抱。

【樵夫点评】此诗之旨，非诗人自专之作，应为与有此品格者共享。

赏春寄人

小雷轻过动云旌①，芳草抽芽水渐盈②。

多谢东风吹谷雨，更蒙朗月送清明。

山花似瀑崖边赏，鸟语如歌雾里听。

眷恋层层犹剥笋，唯留剔透③一壶冰。

注释：

①云旌：像旗帜一样迎风飘动的云。

②盈：盛满，充满。

③剔透：明澈通透。

【唐昌友赏析】中国诗人常常内心敏感多情，心境常随着春天景色的变化而悸动，乱世易伤春惜春，盛世易赏春赞春。此诗为赏春佳作。首联直奔主题：春雷轻动，小草抽芽，溪水渐盈渐暖，无一不是春天景致，尤其轻、抽、渐等词准确体现出春的温和、柔弱、非突变的特点。领联对仗工整，有自然景物——东风对朗月，有节气呼应——清明唤谷雨，且谷雨清明语义双关，既合时令，亦合时代。颈联美景继续，有静景（山花）对动景（鸟语），有视觉（花色）对听觉（语声），有外部画面感（似瀑）对内心愉悦感（如歌），寥寥数字，描景状物，生动展现出春色的绚烂多彩和大自然万物复苏，生命张力的饱满丰盈。而尾联笔锋一转，由应景自然变为抒情和明志——层层眷恋的是逝去的春日美景，是曾经烟雨的江南；遥遥寄语的是曾经并肩的挚友，是曾经相知的爱人！然而任岁月流逝，红颜衰老，春红落尽，永远不变的是最初的情怀，如冰般剔透的真心！

除夕赠学校全体教师

金猴遁①去了无痕，轻似苍烟幻若云。

白发添来粮五斗，青春换得额千纹。

心磨老茧增三寸，眼盼新苗长一分。

喜看天涯桃李艳，黑甜乡②里也欢欣。

注释：

①遁（dùn）：逃走，逃避。

②黑甜乡：宋代苏轼《发广州》诗："朝市日已远，此生良自如。三杯软饱后，一枕黑甜余。"自注："俗谓睡为黑甜。"后以此典指酣睡、梦乡等。

【唐昌友赏析】首联点明猴年已逝，恍若烟云过眼，这是一个容易让人伤感的时刻；颔联感叹收获不易，青春已老，令人唏嘘；颈联通过夸张和比喻，让人体会到那些曾经经历过的人和事对人心的伤害、对情感的煎熬、对人生的磨砺，有着荣辱兴衰悲喜沉浮之后的举重若轻；尾联通过桃李芬芳，既表明了自己的师者身份，也表达了自己对一生辛勤耕耘收获的欢喜。读罢此诗，既能感受到诗人对时空流逝变换而产生的淡淡哀愁与无奈，也能体会到诗人对自己一生辛劳付出容颜衰老却不悲不喜的淡定与从容，还能看到诗人对晚辈新人的提携与鼓励，以及对自己和他们成功成才而由衷地喜悦。全诗略带忧伤却满含积极向上的力量，遣词造句里彰显出一种百炼钢化为绕指柔的功底。

清明节坟前奠养母

趱^①风驱雨过清明，天泪不来人泪倾。

我盼泉台^②春岭绿，娘忧尘世夏江横。

阴阳两隔通联道，早晚千呼梦寐情。

但以吟哦为哭唤，群山四和共悲声。

注释：

①趱（zǎn）：赶（路）；快走（多见于早期白话）。

②泉台：墓穴，这里指阴间，与对句的"尘世"
相对。

【唐昌友赏析】字寄哀思，诗传至孝。

首联"天泪不来人泪倾"，一个"倾"字就把
悲伤情绪渲染到极致，奠定了全诗的情感基调。颔
联以工整的对仗句，写出了儿子心中温暖的期冀与
母亲心底永远的担忧，表达了儿子的赤子之心与母
亲的慈爱之情。然而世间的一切美好都是恰逢其时，

当儿子与母亲早已阴阳相隔的时候，那些曾经的抚育之情、膝下之欢却变成泣血之悲、锥心之痛！颈联里儿子早晚的呼喊、梦中的悲声让人伤心动容。尾联诗人以吟哦遥寄哀思，声声哭喊引苍天垂泪、山河同悲……

在中国传统美德里，百善孝为先。然而现实生活中常常是子欲孝而亲不在，徒留伤悲满怀。古有孝子韩伯俞，母亲在他犯错时总是严厉教导他甚至打他。待他长大成人，犯错后母亲依然教训如故。有一次母亲打他，他突然放声大哭。母亲很惊讶，几十年来打他从未哭过。于是就问他："为什么要哭？"伯俞回答说："从小到大，母亲打我，我都觉得很痛。我能感受到母亲是为了教育我才这么做。但是今天母亲打我，我已经感觉不到痛了。这说明母亲的身体愈来愈虚弱，我奉养母亲的时间愈来愈短了。想到此我不禁悲从中来。"所以每一个父母尚在的儿女，都应该及时行孝，而给予父母尽量多的陪伴，就是最长情的告白、最真实的孝道！

好的诗歌作品，不但要情真意切，更要有人文情怀，而人文情怀的核心是爱与悲悯。本诗读来令人悲伤，最能打动人心的就是诗人对养母不是亲母胜似亲母的真挚感情，以及未能尽孝留下的无限遗憾。尤其在清明的时节，明月含悲，清风怅然，一炷清香就让人潸然泪下，因为此时的人们心中满含着爱。

毕淑敏曾说过：父母在，人生尚有来处；父母去，人生只剩归途。父母在世时，人生还有根基，心灵还有归宿，每个在外漂泊的孩子，累的时候还能有个休息的港湾。父母离世了，儿女就像风筝，一下全都断了线，心灵上就仿佛成为世界的孤儿，忙忙碌碌无人嘘寒问暖，只能自己咬咬牙往前走，人生就剩下一段回归另一个世界的旅程。

愿天下健在的父母都有子女陪伴，愿已在天国的父母永享安详！

黄山轿夫

粗衣颜色褪，瘦骨露嶙峋①。

风劲峰寒竦②，心惊步缓沉。

轿竿肩上压，黍③饭汗中寻。

苦累休评说，争拼惜寸阴。

注释：

①嶙峋：形容山石等突兀、重叠，这里形容人消瘦露骨。

②竦（sǒng）：高起，高耸。

③黍（shǔ）：黍子，一年生草本植物。碾成米，叫黄米，性黏，可酿酒。

【唐昌友赏析】首联不做任何铺垫，直接白描刻画出一个身穿褪色粗衣、瘦得露骨的轿夫形象。领联描写了环境之恶劣：风大峰寒，山高路险，轿夫动作沉重缓慢，步步令人惊心！颈联续写轿夫工作之艰辛：沉重的轿杆深深地压进肩头的肌肉里，汗水浸透了衣衫！他这么苦这么累，或许是为了生活，为了补贴家用。尾联更是把轿夫来不及诉苦说累，为了多获得一单生意而不愿休息片刻，不愿耽搁一点儿时间，争先恐后，匆匆离去的情形写得准确生动。

到这里旅游的，不乏达官显贵，他们挺着肥硕的大肚坐上轿子，心安理得地享受着轿夫的服务。然而富不掩穷、贵不遮贫，在这个大家都忙着观花赏景的时刻，诗人却把目光停在了这一群仿佛与周边风景无关的，明明存在却被大多数人忽视，生活在最底层的轿夫身上！

整首诗不著一个煽情的字，不表一点儿主观的态，纯粹白描刻画，读来却令人莫名悲伤，心生怜悯。那一个瘦瘦的、黑黑的、为生存奔波劳累的轿夫形象，是如此鲜活而清晰地跃然纸上……本诗具有一定的思想性，表现手法上有一定的艺术性。

诗以言志。每一首好诗无不浸润着诗人的爱与恨、悲愁与喜乐、人生经历与品格积淀。透过直白的文字，人们不难发现作者那一颗充满悲悯的心。

吉林寻儒钧姐团聚夜有感作

一轮花甲①付云烟，斗转星移去不还。

黔②水无风生激浪，白山有雨蔽蓝天。

迢迢③万里冰霜路，漫漫千朝苦难篇。

玉盏晶莹皆是泪，今宵缺月喜重圆。

注释：

①花甲：旧时用天干和地支相互配合作为纪年，60年为一花甲，亦称一个甲子。花，形容干支名号错综参差。

②黔（qián）：黑色。

③迢迢：形容遥远。

【唐昌友赏析】本诗文字工整，用词大气，时间长度一甲子，空间宽度千万里，人生跨度一辈子！个中的世事艰辛、寒暑炎凉、悲欢离合等不著一个字，读来却沁透到了人的心底。一个人要经历多深的伤痛，才能把伤疤看成勋章，要蓄积多深的情感，才能把酸甜苦辣都从容咽下！本诗越细品，越能感受到人生的厚重，有一种悲伤到极致后的欢喜，有一种举重若轻后的从容。

早醒闻笛有思

荒鸡催梦醒，独步小庭中。

霜压沿阶草，乌啼落叶枫。

笛声流婉转①，月色醉葱茏②。

故里三分远，云遮雾几重。

注释：
①婉转：声音委婉而动听。
②葱茏：形容草木十分丰茂。

【唐昌友赏析】本诗运用了多个名词性意象，颇有点"鸡声茅店月，人迹板桥霜"的韵味。首联写因，一声唱晓的鸡鸣，无意中惊醒了诗人，于是诗人独步于小庭。颔联写景，映入诗人眼帘的是深冬晨景：阶沿衰草因霜白头，枫叶由乌鸣零落，字里透着冬日的凄清冷冽，平添一份苍凉。颌联续景，穿过迷醉朦胧的月色，一曲婉转悠扬的笛声忽然来袭，瞬间击中诗人内心某个柔软角落，触发了诗人的某种情感，由此有了尾联自然而然的联想——故乡远遥，云遮雾重，无法看到，不能抵达！诗人封存已久的思念被忽然打开，笛声是如此熟悉，仿佛乡音。月光是如此沉醉，乡情是如此浓郁，深深打动了羁旅游子的心……

本诗优美自然，诗味浓郁，意境小胜。看似偶得，实因情浓自溢而成。

心路

弯弯曲曲向天涯，穿越膏腴①与瘠沙。

斩棘争来三寸地，辟荒②夺得一寻崖。

途中储蓄诗书画，雨里相逢你我他。

任尔崎岖风雪重，初心过处便开花。

注释：

①膏腴（gāo yú）：肥沃。

②辟荒：开荒。

【唐昌友赏析】诗名《心路》，表明诗人是在回顾审视曾经历过的人生历程。本诗善借比喻来叙事抒情言志。首联以自然之路的曲折遥远喻人生之路的坎坷漫长，以路途中肥沃的土地与贫瘠的沙砾喻人生经历的顺境与逆境。颔联以夸张的笔触回溯这一生披荆斩棘艰难求索。以斩棘、劈荒之劳动动作喻生活之艰辛，以三寸地、一寻崖等方寸之物，喻收获之微薄。颈联工对颇有诗意！在曲曲折折起起落落的窘迫人生路上，诗人的行囊里可以没有柴米油盐，却永远装着诗书画，装着美好，装着对未来的希冀，字里行间表达出作者的一种苦中寻乐、泪中带笑、不愿与世俗同流合污的积极生活态度。诗人的记忆中也许忘记了曾经加诸自己伤痛的人，但肯定没有忘记在风里雨里搀扶过自己的朋友，在艰难时刻给予自己一饭之恩的人们。尾联表达了作者不惧人生风雨，永存初心的坚韧不拔与豪迈气概。在岁月的磨砺下，有人会被生活打击得一蹶不振，有人却以强大的内心抚慰这个世界，用汗水浇出希望之花！

苏格拉底说过，未经审视的人生不值得度过。

经历过伤痛人生的人们，往往更能坦然审视自己内心，忘记该忘记的，珍惜该珍惜的，更能举重若轻、行止淡定。因为人生就是一半阴晦、一半明媚的旅程，有鲜艳亮丽，亦有黑白浅灰。只有保持良好的心态，才能无论风吹浪打，胜似闲庭信步，回首向来萧瑟路，亦不畏惧、不停留、不悲伤、不堕落。愿每一个不屈的灵魂，经历悠悠岁月后的人生，智慧而多彩，厚重而静美……

暮秋遣怀

漫天烟雨总迷茫，草木萧疏冷大荒。

叶渐飘零溪渐浅，山犹癯①瘦路犹长。

入帘秋色枫如火，落魄游人梦似霜。

莫为西风嗟索寞，还须望远弃彷徨②。

注释：

①癯（qú）：瘦，亦作"臞"。

②彷徨：走来走去，犹豫不决，不知往哪个方

向去。

【唐昌友赏析】诗名点明时节乃暮秋之时。

首联粗刻暮秋全景：天空低沉，烟雨弥漫，草木萧疏，一片荒凉凄清的世界，让人迷茫看不清前进的方向。

颔联细刻近景：秋风吹落黄叶，飘零入尘，吹浅了溪水，风干了思念。山失翠色，癯瘦挺立，前路崎岖远长，让人绝望得想卸下行囊。

颈联微刻一窗之景：窗外火红的枫叶绽放着秋色，那是生命最后的颜色。室内浅睡的游人做着清梦，那梦境不知不觉染上了霜色，落魄、无奈、凄凉。

前三联极力描写秋之悲凉萧瑟，来铺垫和烘托游人（或是诗人自己）的愁思和迷茫，许是人生志未酬，许是悲秋多寂寥。

尾联转折明志：梦后清醒，告诉自己无须长吁短叹，因为秋景亦是美景不可辜负。不必踌躇彷徨，因为人生不如意亦是一种生命的体验，只须放下杂念，望远前行，就能抵达生命的胜景。

梦得颈联，醒上南山续成

登高仰望满天霞，壑谷林深几处蛙。

涧涧奔腾清浊浪，峰峰怒放紫红花。

山河总吐松梅竹，岁月常吞你我他。

纵是星辰终暗淡，茫茫浩宇永无涯。

【唐昌友赏析】首联：天刚微亮，诗人梦醒，拾级而上南山，登高望远，看见满天朝霞，将天空染得橙红而艳丽。远处壑谷幽深，近处山高林密，山野田间偶尔传来的几声蛙鸣，更加衬出早晨的宁静。此处以闹写静，颇有鸟鸣山更幽的意境。

颔联：山涧流水奔腾而下，激起朵朵浪花；远处山上正盛开着红的、紫的花儿。这是一幅多美的大自然早晨的画卷啊，有山有水，有声有色，有花有草，空气清新，露珠晶莹，花香醉人……

颈联：兴许是眼前的美景与昨夜的梦境交织，

触动了诗人的灵感，他的视野和思维突然变得悠远而宏大起来：这壮美的大地山河，不但孕育出苍松、红梅、翠竹这样凛然不屈、坚贞有节、庄严有度、灵魂超然的岁寒之友，同样还孕育出你、我、他这样充满智慧、富于情趣、善于哲思、个性独特的生命个体。纵然四季轮转，树木花草总会守信而来，再盛而衰。岁月流逝，却终究会带走你、我、他，湮灭于红尘之中。

尾联：诗人凝视晓天残星，目送它们被晨光淹没而暗淡远去。目之所及的更加高远之处，是永无涯际的茫茫星空，浩瀚宇宙。此刻诗人的情绪里，有对群星隐去的淡淡感伤，但更有太阳升起带来的欣喜和力量。纵然时间绵长，空间无垠，亦要不惧艰难，坚持追求真理，直到实现心中所愿……

本诗可以理解为哲理诗。首联、颔联景物描写远近交错，高低转换，动静结合，画面很美。然而诗人的目的不只是写景，而是为引出颈联的哲思妙句做的铺垫。诗人由景而感，因景而思，自然而然，写出浑然天成、句工意美、大气磅礴、有时空感、充满智慧与哲理的颈联！字里行间虽有对生命必然消逝而产生的浅浅的忧伤，却并无消沉颓废，因为诗人知道并理解，正是大自然的新陈代谢，才让生命长生、永不凋零，而人类虽有生老病死，却也可以代代相传，生生不息……

冬极顶遣怀

冷云似漆压长空，瑟索山河一望中。

雨打林疏高岭瘦，寒流涧浅大江穷。

雪刀刻出松苍翠，冰凿雕来梅白红。

最暗黎明鸡报晓，由来朔气畏东风。

【唐昌友赏析】首联写冬日冷寒、萧瑟之景，视角高远而宏大。颔联以疏、瘦、浅、穷几个极具冬日特质的字，完美而准确地刻画出一幅凄冷、萧索、孤寂的深冬画卷。颈联写了岁寒三友中最无惧寒冷的松与梅，以它们的苍翠、白红之色，为单调而寒冷的冬天带来一抹温暖的色调，让人对在酷寒之境中顽强生长的生命肃然起敬。尾联转折自然，富有哲思，以季节变化的规律，指出黎明必定战胜黑夜，东风终将浩荡而来涤尽这天地之间的朔气寒风！

每个人一生中都可能会遇到一些险境甚至绝境，就像严冬霜雪下的挣扎的生命。但是越是绝望的时候，越应多一份勇敢的坚持，多一份必胜的信念，或许就能扫除阴霾，战胜困难，守护住生命的尊严。本诗描写的虽是冰冷严寒之景，却无伤感颓废，而是处处透着不屈的意志和必胜的信念，给寒冷困境中的人们以温暖和希望，让他们在冬日里听到了春天的歌唱。

怨秋霖①

抢秋②需烈日，无奈尽潇潇③。

地窄浓云压，天宽暴雨摇。

白帘遮五岳④，洪水断三桥。

喟叹⑤忧何事？田中谷变苗。

注释：

①秋霖：秋天的大雨。

②抢秋：秋收，抢收粮食。

③潇潇：形容下雨的样子。

④五岳：中国汉文化中五大名山的总称，分别为东岳泰山、西岳华山、中岳嵩山、北岳恒山、南岳衡山。

⑤喟（kuì）叹：因感慨而叹气。

【唐昌友点评】本诗着力描写了秋雨狂暴肆虐、遮天盖地的景象，然而诗人并非要赞美这自然的伟力，反而是望雨喟叹，心中烦忧，因为潇潇秋雨耽误了秋收，愁煞了农人。此诗字里行间表达出诗人内心悲天悯农的真挚情怀。

【樵夫点评】以吾观之，闲适堂主此诗非仅为自然之淫雨，而与世态有关乎？

闲坐听美蛙声

凉风习习向云旌^①，仰望飞霞送雁行。

独傍疏篱^②高蔓架，闲吟小令好心情。

绿浓景漏斑斑影，池浅荷摇细细声。

最厌蛙歌洋曲调，迁来东土不更名。

注释：

①云旌：像旗帜一样迎风飘动的云。

②疏篱：稀稀落落的篱笆。

【唐昌友点评】"绿浓景漏斑斑影，池浅荷摇细细声"对仗工整，有色有声，有静有动，观察细腻，描写生动！结句"最厌蛙歌洋曲调，迁来东土不更名"突转，诙谐有趣，字简意丰，讽味辛辣！

梅林

片片彩霞飘大荒，追驱索寞喜洋洋。

犹超竹溢三分气，更比松添一段香。

冻雪随他飞大小，拟^①春任我绽红黄。

深山万仞^②云为伍，谁与蓬蒿较短长？

注释：

①拟：拟写，描写。

②仞（rèn）：古时八尺或七尺为一仞。万仞，形容山峰高大险峻。

【唐昌友点评】一剪寒梅，花开幽谷，却不寂寞，为何？唯胸中藏松竹之气节，眼中有群山之境界。冻雪寒风，不损其骨，蓬蒿藤蔓，难掩风流。此乃作者借咏梅而抒心中之抱负也！

雪里松

黄天飞玉屑，铅雾锁雄峰。

朔气①填荒壤，豪情贯碧空。

炎凉朝暮里，生死往来中。

不媚春风暖，盈盈过酷冬。

注释：
①朔（shuò）气：寒气。

【唐昌友点评】《雪里松》起句比喻奇绝，来势非凡，全诗用词洗练，贯穿一种磅礴大气，仿佛写诗之人已经附体于雪松，满怀豪情屹立于雪山之巅，睥睨着寒来暑往，视人情冷暖如常态，视生死若有无，这是一种既淡定又毅然的人生观！

【樵夫点评】此诗其旨应为借松生之困窘之景，较之勃发之状，喻其几十年窘困中奋斗状。可谓剪赘言入简约，诉无形于有形也。

忆担粪

昔日雷霆困僻乡，饥寒昼夜苦奔忙。

肩挑臭矢千钧重，脚踏云梯万里长。

惨淡①家山愁倥偬②，伶俜③岁序④走迷茫。

风高月黑人生路，敢问前行向哪方？

注释：

①惨淡：尽心思虑。

②倥偬（kǒng zǒng）：困苦窘迫。

③伶俜：孤独的样子。

④岁序：岁月。

【樵夫赏析】据诗人《自传》所记，此诗应为1967—1977年的某一天从县城新华书店担粪回家途中所写，后修剪而成。

此诗是其务农10年之剪影。首联，诗人勾勒了"担粪"的时空背景及生活环境，"昔日"困于"僻乡"

之中，"饥寒"彰显了生活困苦，"奔忙"揭示了其劳累。而这饥寒是在不舍昼夜劳累前提下出现的，这就更凸显了担粪者生活之困窘、环境之恶劣。

领联对仗工整，意象丰满，夸张空间充盈。"千钧重"并非全是粪担之重，心理荷载岂止千钧。诗人曾对人言及其务农时体重不足40公斤，担粪却在50公斤以上，所以在别人看来很轻的担粪对于他来说却是千钧之重。然而作为一个一边躬耕垄亩、一边苦读诗书的人，这一担"臭矢"不仅是压在肩上，也是压在心上的啊，因为他看不见路在何方。

"万里长"，据诗人《自传》初稿所叙其担粪，途经哪吒菩萨上山之陡坡，石阶近百级，还得再上一陡坡翻越天生寨之险隘后，又得下一陡坡，所以这"万里长"并非仅指眼下的"云梯"，更是兼自己"迷茫不知所终"的人生路。理解了这些，我们就会觉得该联中的意象是丰满的，"夸张"不仅有张力，而且其空间也是充盈的。

颈联紧承首联和领联。表面看来是宕开一笔，但实则是紧扣全诗之主旨。

作者是流浪结束后客居大足的，故这"佗傺"即指诗人当时生活困苦窘迫，也隐隐道出其在

"家山"生活可能是困苦窘迫的，或许更有甚于此吧，否则其何不"归去来兮"！

"伶俜岁序走迷茫"即写其担粪途中孤独的身影，迷茫的山径，更表达了一个客居他乡、寄人篱下者内心的孤独和对前途无望的惆怅。

这一联至关重要，也很精妙。承接前两联，密而无隙，转入尾联结句，不见丝毫纹痕。

尾联，风高月黑承接"迷茫"，"人生路"即承接了"万里长""云梯"，更引出了"向哪方"的无奈。

总之此诗应是结构严密、起承转合有度的好诗。

我们绝不能以眼下之尺，度他年之事，戴之以消极、颓废之冠，可以说，艺术之"真实"则是该诗的闪光之处。

【闲适堂主拾遗】樵夫终为吾老友，所论无大谬。然而此诗骨架成于1976年初冬，正值吾一家三口缺油少盐之时。吾《闲适堂诗词选》未选，因原诗不论平仄，近于打油，后于2018年与女友重走此道，其夜修改如斯，特补缀于此。

无月夜山行

惯于涉险上嵚崟，老叟敢穿原始林。

叶浪滔滔云漫漫，风涛阵阵夜沉沉。

如蛇道里人行少，似带溪中水漾深。

休怨前方无路径，襟怀就是指南针。

后记：有感于民办教育之艰难。

【郭云赏析】《无月夜山行》是诗人寄情于一片漆黑的夜晚，行走山路的经历，来抒发情感的。确切来说这是一首以叙事为主要修辞手法，来吟咏亲历的一段故事情节，以达到抒发情感目的的诗。其情感浸透在每一个元素中，鲜活清新，逼真形象。该诗看是咏事，实为咏人，看是在咏行路之难，实为咏人生道路之艰。

首联"惯于涉险上嵚崟，老叟敢穿原始林"，句中一个"惯"与"敢"成为该诗的基奠与支柱，撑起了该诗的骨架，确立了其艺术走向和思想境界。

在漆黑的夜晚，行走在山间陡壁、荆棘灌丛之中，可谓一片迷茫。在迷茫中的探索令人深感孤独之苦也！这种境地并非诗人心甘情愿，但人生的轨迹偏偏与人的愿与不愿毫无关联，所以古人有"明月几时有？把酒问青天"的呐喊，就是诗仙李白也有"独酌无相亲"之苦楚也！可见"惯于涉险"也好，"敢穿原始林"也罢，是人生道路的不可避免的曲折。只不过有的成功，有的落伍而已。所以一个"惯"字展现了诗人的乐观主义和一往无前的气势。一派积极奋发前行的斗志跃然纸上，令人敬佩！

颔联和颈联是对故事情节的展开与描述，是对"惯"与"敢"的细化与烘托。是一种心境意象的外化。那些蛇挡道、浪翻腾、棘横斜，夜恐怖等状写，令读者如身临其境，让人望而却步，闻之战战兢兢。真乃不失为"大家之作，其言情也必沁人心脾，其写景也必豁人耳目"（《人间词话》）也！该两联进而凸显了诗人在人生道路上敢于拼搏善于斗争的豪迈气度。

尾联"休怨前方无路径，襟怀就是指南针"，诗人笔锋一转，通过前面一番跌宕起伏情绪变化，来了一个软着陆。同时是诗主旨的升华。尤"襟怀就是指南针"一语，给人咀嚼之余回味无穷也。

该诗结构严谨，意象疏朗有致，情感积极，反映了诗人刚毅峭拔的个性，大家风度尽显，是一位值得受人尊敬的一位教育家与诗人。

【樵夫赏析】此诗题目就颇有新意，令人欲探究竟。人为何在无月之夜登山？无月登山不合常理。非重大急需之事，月黑之夜是不会登山的，故题目妙在引人入胜。

首联，诗人直奔主旨，一个"惯"字，就把一个饱经风霜屡闯过险关的老叟形象跃然纸上。"老叟""嵚崟""原始林"三个意象，也别有深意。嵚崟：形容山高，无月之夜上高山，穿原始林干吗？原始林往往是杳无人踪之地。但这个倔老头儿不仅要登高山，还要穿原始林。此联旨在以此意象揭示倔强不畏艰险的老叟敢于探索的个性。

颔联出句叶浪滔滔云漫漫，对句风涛阵阵夜沉沉，进一步凸显老叟勇于探索之精神。此联突出了老叟探索途中遭逢的时空环境极其险恶。其紧承首联并以此深化、拓展了"惯于""敢穿"的丰富内涵。

颈联，以如蛇之险道并彰显行人稀少，似带之山溪虽不宽水却深。进一步以具体意象凸显嵌崟之危，风大林险，借以烘托人物性格及其精神。

一、二、三联意涵层层推进，层层衬垫，这就自然地转出尾联并以之升华主题：尽管环境险恶，探索艰难，甚至有时看不到前进的方向，但是只要我们怀抱初心，就会不辱使命，就有指南针指引前进的方向，不会迷失自我。

此诗颇有刚劲之风骨。坚守初心，而不畏艰难险阻的主旨非未以直白之呼号，而是潜之于具体的意象之中。吾认为，此诗非俗人可能为之，故而，此诗非俗物也。

送友人

菊艳别相知①，披襟②约有期。

真情醇胜酒，快意醉成泥。

雨散③阳关远，心忧日脚低。

何时重抱盏，梦断五更鸡。

注释：

①相知：相互了解、感情深厚的朋友。

②披襟：1.敞开衣襟；2.比喻舒畅心怀；3.指推诚相待。这里应是义项2与3。

③雨散：朋友分别。

【樵夫赏析】这首离别诗很有创意。

首联交代了时间、事由及与友人的情深义重，才道别分手，又在约相见之期了，凸显了情深义重，难舍难分。

颔联这一流水对，是一个因果复句。上句为因，下句为果。因为真情比美酒还醇，所以才会快意成大醉。

颈联上句说友人归途是遥远的，所以诗人担忧友人未到家天就晚了。这一联更凸显诗人对友人关心备至。

尾联与首联相呼应，首联说"披襟约有期"，尾联是"何时重把盏"，盼望这个重逢，常常是"梦断五更鸡"。总之，通读全诗，都流淌着难舍难分的情愫，足见此友与诗人关系非同一般。

据悉，艺术中的诗人如此，生活中的诗人亦是重承诺、重情义之人。

季春登高遣怀

踏露披岚越陡坡，挥刀斩去乱心魔。

花枝得意迎风舞，烈士抒怀对月歌。

探路偏逢惊险道，行舟总遇暗流河。

人生可贵常拼斗，懒问盈亏有几何？

【樵夫赏析】遣怀，也就是遣兴。遣：发泄、抒发之意。

诗人写这首诗的背景时间，暮春；空间，登高之处。这就犹如电影脚本的序幕，为读者做了一个交代。由此可见，古诗词的题目也是应该讲究的。

首联：诗人交代登高的具体时间是晴夜翻越陡坡之时。诗人为何夜登陡坡呢？下句就有了交代，原来诗人心中有了某种忧虑或心理障碍。因此，要在登高途中通过某种方式来发泄、排解它。此联为全诗打好了底色，定下了情感基调。

颔联：出句写景，对句抒怀。"烈士抒怀对月歌"，此烈士非彼烈士，此烈士为有雄心壮志之人。对月高歌——这是何等的豪迈。何为诗人之雄心壮志？以我观之其雄心壮志是"为民育好人，为国造良才"，此八个字好说、好写，但真的做起来，那就困难重重了，非有雄心壮志者，实难达此高标。

颈联：在首联叙事、颔联写景抒怀的基础上，虚实并用地写出其心魔的具体内容，那就是在人生奋斗途中遭逢了困难，探路逢险，泛舟遇暗流。你看，诗人遭际如斯，有心魔岂不是正常的吗？此不正好印证了非"烈士"不能为之吗？

既如此，心魔能除否？"对月歌"这三字就埋下了伏笔，尽管诗人遭逢如斯，然豪气未减。所以，尾联转合融为一体，道出了诗人的心声。好一个"人生可贵常拼斗"，是的，奋斗途中不可能是一帆风顺的，不可能是坦途万里的，每天都可能遇到这样、那样的困难，旧的解决了，新的又会如孙猴子砍掉的脑袋瓜一样冒出来。所以，"常拼斗"就是斩除"心魔"的"快刀"和不二法门。

结句，更是把思想境界提到了一个崭新的高

度——只问耕耘，不问收获。跳出了名枷利锁，这是人格的最高境界。

"常拼斗"的目的不是争名逐臭，而是"懒问盈亏"，也就是不讲索取。这里没有雅词"休问"，而用熟语"懒问"。"休问"似乎有点因客观而无奈的味儿，而"懒问"则是发自自己的主观，也就是可以问、应该问，可是"我"却懒得问的意思。

这首遣怀诗，用词平实，句式灵动，读起来朗朗上口，更难能可贵的是：诗人所写心魔大，而斩心魔的快刀也十分锋利。

可以说：该诗意象饱满、意境高远，堪为励志之佳构。

暮访三元小学废址

废园依落日，入目尽伤怀。

紫蔓缠枯树，青蒿上颓台。

垣倾砖已去，路断鼠常来。

毁败成常态，无须梦里哀。

【樵夫赏析】从题目就可看出，诗人所访之地乃一所废弃的小学。据知情者言，诗人在此从教十载，因其为民办教师，收入低下，生活窘迫，备受艰辛。然诗人良心未泯，初心不改，十年间不仅于教育教学上佳绩迭出，而且，自力更生，亲力亲为，修台阶、筑旗台、平整操场并将其硬化、栽树养花，八方筹款安装上电灯，待其被强行调离时，此处已是鸟语花香、绿树成荫的育人场所了。据说，其被调离时，诗人曾泪流满面，发誓要重返此校。

这就是诗人要暮访此废址之因。

首联，诗人就为此诗定下了感情基调"废园""依落日"这两个意象，可能是真实的，也可能是诗人为"伤怀"而营造的，甚至连"暮访"也可能是诗人别出心裁选择的时段，但如真若此，在诗界也是允许或提倡的，因为这需要诗人丰富的联想。但据笔者所知，此诗为其访废址后所写。

颔联、颈联无论是有生命的意象——藤缠枯树、蒿上颓台、鼠患猖獗，还是"垣倾砖失，路断"这些无生命的意象，无一不呈现出荒凉颓败之景，目睹如此之景，忆及当初之事，诗人怎不伤怀呢？

尾联"毁败成常态，无须梦里哀"。于此诗人一反"伤怀"之态，而道"无须梦里哀"，这既可看作诗人对让毁败成常态者的愤怒，也可看出诗人的无奈，更可以解读为暮已伤怀，夜梦就不必悲哀了吧！此应为反语！

首尾呼应，凸显一个"伤怀"，表现了诗人对自己付出了心血和辛劳的学校深沉的热爱，从一个侧面凸显了诗人的教育情怀。

此诗一个显著特点是情景交融，无景不含情，无论"伤怀"还是"哀"，都渗透着诗人对往日奋斗成果遭毁败的惋惜和伤感，渗透着对教育真挚的爱。

春山游

飞花似玉香如浪，鼎沸人声春涨潮。
可意①柔风乖识趣，碧溪微皱叶轻摇。

注释：

①可意：称心如意，适合心意。出自《汉书·陈汤传》。

【樵夫赏析】该类作品在诗人的诗中占了一定的"量"，因为诗人是一个热爱生活更热爱如诗一般生活的人。

此句开篇两个比喻形象生动地凸显了花多香浓的春山特色。

第二句的"涨潮"看似平平，但内涵颇深，是人潮、春水潮，还是春花潮呢？诗人没说，给读者留白，引人遐想。

第三句转用了一个拟人手法，把春风的特色写活了。"乖"一般是用来状写孩童或少女，但用此状写春风，把春风之柔之美之令人惬意写得活灵活现了，何况此春风不仅乖巧还识趣呢。

碧溪微皱，翠"叶轻摇"都是识趣柔风乖的结果，试想若风狂，溪面会微皱，叶会轻摇吗？注意这是叶轻摇不是枝轻摇，可见诗人写诗是非常注意细部雕琢的。

总之，此诗轻灵、鲜活地凸显了诗人热爱生活、热爱大自然的情趣。该诗意象饱满，意境可谓高也！

七夕夜大雨赠人

银河入夜涨狂潮，淹没高堤毁鹊桥。

织女牛郎偷约好，视频情话乐通宵。

【樵夫赏析】此诗应是闲适堂主诗的另一种风格。

这首诗小巧玲珑，却起承转合俱全。

首句起，写明时间、事由，第二句承"涨狂潮"，具体勾画"狂潮"之"狂"——"堤没桥毁"，这就为三、四句张目，做好了铺垫，渲染了氛围。

这里三个动词"涨""没""毁"用得十分精当，使夜雨之大得到了凸显；而"狂""高"两个形容词使"潮""堤"这两个具象变成了饱满的意象。第三句，诗的两个主人公出场了：牛郎、织女。一个"偷"增添了神秘感和诗趣，没桥，不能见面了吗？那好，就聊视频吧！

这首小诗在叙事中抒情，在抒情中叙事，28 字就写了一个故事，这应是古体诗中的微视频吧。

该作品另一大特色则是借古代神话叙写现代真实。现代七夕夜的真实版于此不须赘述，我想读者已了然于胸。银河、鹊桥、织女、牛郎这些根本不存在的意中之象却增大了诗的张力。

总之，此诗很接地气，充分说明诗人是现实生活的有心人。

其第三个特色是：联想丰富，想象合理。诗中意象饱满，为诗人颂扬现代科技文明这一主旨增添了活力、魅力，同时也表现了诗人热爱传统文化的高雅情趣，表现了诗人对中式情人节的推崇。

未来之我

荒草稀疏乱小丘，两泉浑浊水长流。

洞开城阙兵丁少，犹舞军旗战不休。

【樵夫赏析】此首七绝是诗人为自己的未来形

象预测式的勾勒。

首先，写自己头发渐渐稀少；第二句写自己两眼浑浊，泪水长流；第三句写嘴豁牙缺。好一个丑陋的老头子。

但这些老态老相，诗人并没有直白地说出而全是以借喻、比兴的手法来表达：头喻为小丘，头发喻为荒草，眼喻为小泉，口喻为城阙，牙喻为守城的兵丁。这些生动而又形象的意象，不仅灵动、鲜活，而且充满诙谐和幽默。这就生动地凸显了诗人乐观、豁达的人生态度及敢于直面可能出现的现实的勇气。

老态龙钟的诗人，犹舞动着战旗，大声呐喊地向前冲锋，这正是老诗人眼下的形象，也是他为自己企划的未来。结句一出，意境就一下子提升到了一个全新的高度——生命不息，奋斗不止。

这首小诗很有特色，很有画面感。四句诗就是四幅画，做到了"诗中有画""画中有诗"。能如此，是诗人内心之意，与诗中之景有机地融合在一起，水乳交融，是一个完美整体的结晶。

塞北绿化
——看电视纪录片有感

炎黄自古出英豪，逐日追星有妙招。

个个深坑栽小树，茫茫戈壁涨狂涛。

风吹石走神犹惧，狼窜虎奔人不逃。

绿浪驱除黄浪尽，江南塞北竞低高。

【樵夫赏析】诗人是具有强烈家国情怀之人，也是一个爱憎分明之人。据其妻说，其常在看影视感动、激动或愤怒时，或涕泪交流，或怒目圆睁，甚而有时猛然站起来大声斥责，可见诗人是个感情丰富、爱憎分明之人。

从副标题可知诗人是在看电视纪录片后有感而作。据我所知，诗人自己就是个栽花植树迷，在其《自传》中有六七千字写其绿化校园的艰辛历程。因此，看纪录片后有感而发就是情理之中了。

首联,异峰突起,别出心裁地把绿化人提高到"英豪""逐日追星"的层次上,激起读者往下读的欲望。"逐日追星",化用《夸父追日》的典故,奠定了颂扬绿化者不畏艰难困苦、坚韧不拔精神的基础。

颔联,状写了绿化人的具体行动。

颈联,状写了绿化者劳动、生活环境的恶劣,神仙都恐惧,狼虎也只好逃窜的环境。这是多么险恶的环境哟,可是"人不逃","人"——绿化人,迎着困难上,与天奋斗,与地奋斗,终于用绿浪驱走了黄沙,把荒漠化了的塞北变成了"江南"。

你看,绿化人将戈壁、荒漠变为绿洲,优化了生态环境,造福了人类,难道他们没有"逐日追星"的意志和本领吗?难道他们不正是中华民族现代版的"夸父"吗?

该诗语言无华,对仗工整而灵动,犹以颈联为最,"风吹石走""狼窜虎奔"这些常用语被诗人用得十分精当,也就用活了,产生了意想不到的艺术魅力。

总之,这首诗不仅意象鲜活,而且意境也高远,堪称"塞北绿化者的赞歌"。

山村人家

云雾村中一两家，南边松竹北梅花。

风香阵阵穿青岭，涧碧嘻嘻笑彩霞。

箫韵迟来车笛近，月牙早露日西斜。

孩童戏闹庭前地，大叫爹爹小叫妈。

【樵夫赏析】此诗所写为深山农家。

首联概写了此村地处深山，人口不多，但环境优美，生态环境良好——南边松竹北梅花。

颔联紧承上联，具体描写其自然生态之优越，风香涧碧，岭青，霞彩，这些足以说明这是一个无污染、无雾霾，清幽如仙境般的地方。

颈联含蓄地告诉读者，此并非穷乡僻壤之地，箫韵迟来，有文化生活；车笛近，交通发达。同时告诉读者此山乡也跨进了生活现代化的行列。此诗未言"脱贫"，却抒写了脱贫之实。你看云雾山中一两家的小山村，若无脱贫之惠，何来"车笛近"，又何会"笑彩霞"？这应该就是"言外之意""象外之象"的意象之美。

尾联尤为接地气，活生生地展现了一群小孩嬉闹疯打的场景：小孩子们一起游戏玩耍，自然可能发生矛盾，这个叫爹爹，那个叫妈妈，他们各自叫着自己的亲人，其目的是想占领正当、正义的制高点，这种场面就是农村孩子戏闹的常态。

总而言之，此诗含蓄、生动地抒写了脱贫农家幸福而欢乐的生活，富有生活气息。特别是首句的"一两家"三个字，字字千钧，它有力地说明了党的脱贫是真脱贫，做到了一个都不能少。这些是长居闹市者不能言的。

山中云

潇潇洒洒向天涯，散淡悠闲处处家。

缭绕峰巅攀大树，盘桓壑谷下悬崖。

升沉任我游清涧，早晚随心戏彩霞。

但往深山寻自在，谁来闹市挣荣华？

【樵夫赏析】诗人所咏之物为云，且非一般之云而乃"山中"之云。

首联概写"云"之个性。潇洒，本指人举止自然大方，不呆板，毫无拘束，显然诗人是以拟人手法将云赋予了人性，"散淡悠闲""处处家"进一步展示了一个悠闲自在、豪放不羁者之性格，这是"云"的共性。

颔联、颈联紧承上联"云"之共性，拓展开来，状写"山中云"的个性：上者，绕峰巅攀大树，下者，停留于壑谷甚而飘下悬崖，"游清涧""戏彩霞"这一连串的动作写出了"此云"非"彼云"，将"山中云"的个性展现得淋漓尽致。而"升沉任我""盘桓随心"这些唯人之性可为之词，用于此联中又把"云"之共性囊括其中了。

而尾联一结更是把诗之主旨升华出来了——诗人追求悠闲自在的山中之境，而厌倦喧嚣闹市之心志裸露无遗了。

该作品意象丰富、形象饱满且共性、个性都写得生动，将诗人之意嵌入自然之景，情景交融而熠熠生辉，应为咏物诗之佳作。

闷热天遐想

炎凉谁使各分离？我欲将他弄整齐。

留住晴云揉作雨，抓来湿气化成溪。

清波滚滚奔荒漠，戈壁茫茫换黑泥。

借得天兵三万甲，强驱旱涝去东西。

【樵夫赏析】题目别出心裁《闷热天遐想》。众所周知，闷热是由于天气热、气压低、湿度大而引起呼吸不畅快的感觉。这种时候，人们往往焦躁不安。可诗人终归是诗人，其以诗性思维来思考自然界的万事万物，这纯属异想天开。这在现实中，在哲学上是狂悖的，但在诗性思维中则是合理的，不仅是允许的而且可能还是"出彩的"。

首联可谓有"石破天惊"之气势。上句质问是谁把"炎凉"分开了，意思是难道不能让它们"中和"起来吗？第二句更是"胆大妄为"，你看，诗人有多"狂妄"、多浪漫哟。"我欲将他弄整齐"注意是"他"而不是"它"，显然诗人是把"天气"作为一个人来看待的。

理解这句诗的关键在"弄整齐"三字上，整齐有两个义项，一是有秩序、有条理，二是不凌乱。很显然，诗人是要把炎与凉弄得更有秩序、更有条理。

那么，怎样"弄整齐"呢？且听下文分解。

诗人在颔联就把"弄整齐"的手段展示了出来，揉晴云为雨，化湿气为溪，晴云去湿气除，闷热自然瓦解了。

但诗人的情怀并未到此而止，他还要"得寸进尺"，甚至可以说是"贪得无厌"。还要让"清波奔荒漠"，给"戈壁"换上"黑泥"，这两联不仅对仗工整、字句铿锵，且想象大胆而丰富。

但诗人的遐想也并没有到此为止，而是更浪漫地借"三万天兵"去"驱逐旱涝"这个殃民的"魔鬼"，让天下五谷丰登，岁岁平安。

该诗层层推进，递进发展。首联总策划，颔联解个人之闷热——利小我；后三联一步又一步地递进，实现改天换地——利大我，最后引出总目的——驱旱涝。

此诗意象鲜活，句式灵动，用词平实但十分讲究。

该诗联想丰富，想象浪漫且大胆，写得大气磅礴，十分豪迈。

在眼下自然生态屡遭破坏的现实中，其意境显得更为高远而深沉，真是一首内涵丰富、艺术性强的好诗。

沱江某废码头即景谏同仁

重游故地长荒凉，只见波涛卷怆伤①。

江浪犹流新雪水，码头已换旧风光。

苔生石乱蒿藏鼠，岸塌房倾港走獐。

莫为抛丢添怨气，丛林法则择优良。

注释：
①怆伤：悲伤。

【樵夫赏析】此诗为诗人即景抒情之作。

首联给了读者两个信息：一是诗人早年曾来过沱江流域某地，二是诗人创作此诗的情感基调："怆伤"。何为怆伤呢？因此地已经荒凉了——人烟稀而生气无。

欣赏此联，切莫抛开两个动词，一个动词"长"，一个"卷"。"长"字暗示了我们此地原非荒凉之地，这"荒凉"是"长"出来的，从当初的繁华中慢慢"长"出来的。这个"长"是个漫长的过程，这么漫长的岁月都没人出来过问，所以诗人来到这里怎不"怆伤"呢？一个"卷"字道出了不能道、不能言之情愫，极写了诗人怆伤之多、之大——波涛所卷者皆为怆伤。

颔联，虚实相兼，富有哲理。江里流淌的是高山上最新融化的雪水，可码头上早已不是旧时的繁华景象了。

这就进一步交代了诗人怆伤的原因。"雪水""风光"这两个"具象"前加上两个"时空"概念，"新""旧"两相对比，就进一步给人以物非人亦非的怆伤之氛围。

颈联以"苔生""石乱""岸塌""房倾""藏

鼠""走獐"等鲜活而具体意象，更加生动形象地写出了废码头之残破颓退不堪，进一步笃定了首联"荒凉"和"怆伤"的氛围，令人心伤意怆。

但这一切，在有思想、有文化底蕴的诗人灵魂深处，经过一阵"怆伤"之后，反而产生出了一种出人意料的境界，那就是：莫为此而怨天尤人，而应适应自然法则和社会演绎法则，也可以说是人类进步的法则，那就是优胜劣汰的法则。

全诗意象具体生动且鲜活，意境高远，表达了诗人的社会进步观和豁达的人生态度。

此诗实为有哲理的写景抒情的好诗。

秘方

不须长夜怨无眠，捋得千斤苦与酸。

碾碎融成蜂蜜水，可医贪欲治疯癫。

【樵夫赏析】从这首诗的标题看，我们就知道作者是煞费苦心的。这个标题就很有吸引力，"秘方"是人们所需要的、所求索的，以诗的形式出现，就充满了奇异的色彩。

第一句写长夜无眠，平淡无奇，甚至可以说既熟也俗。可是第二句却写得别有滋味了。"捋得千斤苦与酸"，一个动词"捋"就将人生的辛苦、辛酸这些无形的东西化为有形的了。"捋"有两个义项，无论哪个义项，其作用力的对象都是物体，而绝不可能是两种感受和体味。更让人匪夷所思的是：苦与酸还可以用秤来量——千斤。这种奇思妙想，那只有诗性思维才能做到了。

第三句更是荒诞不经啊！诗要把"苦"与"酸"碾碎成粉末，融化成蜂蜜水。从化学角度来看是可能的，但无千百次失败的实验做支撑，是无法实现的；从物理角度来看，那简直是不可能的；但从诗人的诗性思维来看，那就是一眨眼的事儿了。

结句不仅承接了第二句，也转出了结句：可医贪欲与疯癫。此句不仅点题，而且延伸了诗的外延（或者叫增大了该诗的张力），增添了该诗的内涵，升华了该诗的主题，彰显了诗人的是非爱憎。

总之，该诗意象饱满，联想丰富，想象夸张，诗味浓郁，使人浮想联翩，沉浸于诗中，深思回味，让读者受到启示，是一首新颖别致的好诗。

走笔赠城南教育集团莘莘学子

少立鲲鹏志，丹心绘彩虹。

江山怀抱里，天地课堂中。

学得诗书破，求来气势雄。

一朝图报国，四海走蛟龙。

【郭云点评】该诗笔墨酣畅，情怀超然，情理贯通。该诗有很多优长之处，别具风格，手笔独到，能做到奔放似三江波涛、遒劲若峭壁劲松。

【樵夫赏析】此诗大有一气呵成、前后贯通之势。全诗主旨鲜明，正能量满满，盼莘莘学子学业有成，丹心报国。这种盼为国造良才的办学宗旨跃然纸上。

首联开门见山，"鲲鹏志""绘彩虹"盼学生立大志，有锦绣前程。

颔联既承上也启下。它是对首联的深化、具体化、形象化。此联告诫学生学习站位要高，思维要深邃远大，胸怀要宽广。在课堂上，在自己的心里，时时刻刻要想到祖国的江山，心里要装着浩茫玉宇，可以说是给学生指明学习的方向。

　　颈联承上启下，既具体又概括地描绘了学习的手段。"学得诗书破，求来气势雄。"这个条件复句，上句"学得诗书破"是条件，即只有在认真读书学习且能理解掌握知识这一条件下，才能追求到"气势雄"。此处之气势在笔者看来，应为建功立业之气势，应为战天斗地之气势，应为克敌制胜之气势。上句是学习之手段，下句为学习之结果。

　　尾联诗人再次告诫莘莘学子要有报国之鲲鹏壮志。结句则含蓄地展示了一个美好的前景：城南教育集团的学生漫及天涯海角。

　　总之，这是一首正能量满满的励志诗。

　　【作者诠释】窃闻城南中学三所学校欲以吾之《走笔赠城南教育集团莘莘学子》为校歌。此诗郭云老先生曾有点评，樵夫也有赏析并且均已发表过，本无须吾再续貂。然而，欲选其为校歌，吾有义务将创作此诗之初衷及诗句之内涵彰之于师生，故方有续貂之念。

首联两句，即为传之以道，晓喻学生立大志。古往今来，人之大志，莫过于忠心报国，故此联下句，补充诠释鲲鹏志之核心，即为丹心绘彩虹。丹心即赤心、忠心。报国忠心不是空头口号，而是以一颗报国忠心，绘制人生之彩虹、祖国未来之彩虹。此彩虹一语而双关。

此联从立志，也就是从立德方面而言之。

颔联上句紧承上联，进而诠释鲲鹏之志、丹心、"江山怀抱里"。"江山怀抱里"即要以家国情怀为自己安身立命之本。

此三句为吾几十年传道之总结即教育观或育人观。

"天地课堂中，学得诗书破，求来气势雄"三句应为吾之教学观。

吾自20世纪70年代，步入杏坛始，即认为学生之课堂岂能局于教室一隅，应深入社会，亲近自然，即所谓的中课堂、大课堂。吾自20世纪就与诸生践行哲人语：读万卷书，莫如行万里路。上成都，下重庆，于闭塞万分之时，启诸生之心智，开诸生之眼界。执掌南中以来，始终倡导：德为首，五育共习，始终认为学生读好社会、自然界此变幻莫测之书、无字书比死读课本更为重要。

颈联上句，谕之读书之法，全在于"破"，此破即为破解、领悟，甚至知其言外言，意外之意，境外之境，一言以蔽之：反对读死书、死读书，反对生吞活剥而不求甚解，反对学而不用，主张应内于心，付之于行。

而其下句"求来气势雄"即为学习的终极目标：学生应站位高、格局大，否则岂敢称"雄"。

尾联回应首联，然非机械之重复、照应，则进而照之吾之期许：学习须报国。吾期许之美景：五洲四海，江南塞北，各行各业，均有城南学子为国家、为民族效力尽忠——四海之蛟龙即为此意。

总而言之，此诗为敝人之教育教学观之总结及对众多集团办学美好未来之期许。

醉后咏志

痴心不改旧愚衷，岂羡青蚨顶子红。

鹤趣三分花醉影，春光一度柳摇风。

金樽美酒乾坤里，碧血丹心日月中。

听任喧嚣穿闹市，难惊淡定一衰翁。

【江岚点评】醉后咏志，故不假修饰，脱口而出，坦坦荡荡，极自得，极自豪，动人心者，端在一个"真"字。

【刘宝安赏析】诗的首联开门见山，"痴心"两句直抒胸臆，点题的分量很重。"旧愚衷"的一个"旧"字寓意深刻，"旧"即传统，而传统就是历史，历史是先辈流传下来的。所以传统要继承，"守望"就是这个意思。颔联的"醉影"与"摇风"，是作者浅尝之后的感觉，诗味浓郁且极具审美价值。

颈联的"乾坤里""日月中"是在抒发作者的襟抱，也是第二次扣题。尾联是对世俗的不屑，是对名利的淡然，更是处闹不惊，也是对我行我素、坚持原则的表白。这，即咏志的初衷。

【刘先森赏析】鉴赏作品，首先要读懂作者。鉴赏诗歌能"知人论世"，即鉴赏要结合作者生活的时代背景。所有的诗歌其实都是作者的所见所闻、所感所思。作者的审美情趣、人格理想、时代影响等往往体现在其诗歌创作之中。

标题中的一个"醉"字，大有"醉翁之意不在酒，在乎山水之间也。山水之乐，得之心而寓之酒也"（宋·欧阳修《醉翁亭记》）。本意指醉翁的情趣不在喝酒，而在于欣赏山里的风景。此篇的作者醉之不在酒，而是借醉借景吟咏人生、感悟人生。

首联中的执着淡定，是作者不可改的初衷，一生不羡慕"青蚨"（虫子，古人借称金钱）和"顶子红"（清代官员顶戴，借指官职）。

颔联含蓄地道出作者的向往或憧憬，宛如冲天的云鹤，又似花醉影，又似春风拂柳。一言以蔽之：作者自诩云鹤，即有冲天之志，愿似春风为民多做好事。

颈联云：酒里有乾坤，日月照丹心。

尾联戛然而止，"听任喧嚣穿闹市，难惊淡定一衰翁"。无论世事变迁，总是淡定着"痴心"和"愚忠"。将人生的体验和感悟吟咏得淋漓尽致！

此篇用典于无形之中；层次清晰，首尾呼应；巧用借代、比拟手法，包括明喻、暗喻；全篇没有用韵语去诉说，而是含蓄地表达情怀，耐人寻味！

岁末有思走笔赠京中诸友

吁嘘岁月总匆匆，来若流星去若风。

碧水蒸腾终化雨，灵魂粉碎可成虹？

位卑犹望登天路，力弱还思搏海龙。

休怨光阴拴不住，余晖也要照苍穹。

【江岚点评】此诗不仅颇有奇句，可圈可点，可惊可叹。而且全篇大气磅礴，一气呵成，无一懈句。若"碧水蒸腾终化雨，灵魂粉碎可成虹？位卑犹望登天路，力弱还思搏海龙。休怨光阴拴不住，余晖也要照苍穹"等句，令人过目不忘。在邓辉先生诸多七律中虽是常调，但更见炉锤之功，堪称佳作。

隆冬春动

铅云滚滚自西来，欲锁天门不许开。

更撒脏霾污玉宇，还驱恶鬼闹琼台。

三光跃动乾坤境，四海消除魍魉灾。

谁惧阴风掀黑浪，神兵十亿捍蓬莱。

【郭云赏析】"隆冬春动"这是一个具有象征性的题目，实质是正义与反动两势力的抗争。该诗的优长之处在于：诗人巧妙地把两个不同时空的对象压缩在一个时空内，不仅造成了一个时空上的冲突感，同时更凸显了诗人情感冲突的心境。尤一个"动"字展现了一种伟大的力量，这就为全诗的气脉铺设了基奠，营造了一种相互冲突的氛围，使得通篇情怀豪迈跌宕，轩昂不羁。其文气雄浑遒劲之美，可谓独具匠心，令人敬慕矣！

首联"铅云滚滚自西来，欲锁天门不许开"，发端径直奔主题，有雷霆之势、骤响之美。首句诗人极尽其形容，为这种邪恶势力画了一幅肖像。用"铅云滚滚"来形容这股反动势力，大有翻江倒海之势，欲侵吞整个宇宙也！令人压抑沉重，形势严峻，又紧承上一个方位词"自西来"，令人一目了然，说明"隆冬"正是指西方势力对我国不断开展的贸易争端等一系列的打压势力，"欲锁"句是一个强化句式，从深层次揭示了西方帝国主义的亡我之心不死。该联语词简约，明白清丽，境界全出，有豪健雄浑之感。

颔颈两联"更撒脏霾污玉宇，还驱恶鬼闹琼台""三光跃动乾坤境，四海消除魍魉灾"。这两联是正义和反动势力交织冲突的高峰。该两联情景交融，词衔意扬，用虚实相生的艺术手笔，塑造了一幅栩栩生动的画面，虽以心境为主但依然形象逼真，其语言平易自然但不落俗套，同时在其鲜明的场景中蕴含着极其隽永的境外之境。其艺术手笔可谓高人一筹也！

尾联"谁惧阴风掀黑浪，神兵十亿捍蓬莱"，直抒胸臆。其情感呼之而出，令人顿感豪迈雄健之爽快。充分展现了诗人忠贞事国、践行抱负、敢于担当的崇高品格。对于一位已步入古稀之年的老者、一位有卓越成就的教育人来说，实在难能可贵。怎可不令人一唱三叹也！

该作品首尾相衔，环环紧扣。前后各两联自为体系，尤颈联诗人笔锋一转另辟蹊径，给人一种断层之感。这种"蹊径绝而风云通"的技巧大大提升了诗的婉转回荡之美。该诗时空壮阔、情理雄健，充分凸显了诗人雄浑、酣畅、壮美的创作风格，和那种浪漫、乐观兼容的个性特色，此诗可称得上上品。

仰天垮即景遣怀
——初冬仰天垮见三角梅无恙有感

寒露严霜早入冬，何来百媚艳千红。

藏娇巨谷幽林外，避世荒郊旷野中。

惯看朝阳迷雾海，犹怜晓月恋孤峰。

炎凉自在襟怀里，岂惧波涛向碧穹。

【郭云赏析】这是一首借景抒情之作。从标题可知，诗人到仰天垮漫步时，看到三角梅等依然鲜艳绽放，便应物斯感也。故这是有感而发的一首即兴作品。该诗说明诗人有着超脱凡俗的敏锐眼力、强烈的审美观念。在严霜的初冬一触及一种生命、一花一草，一种勃勃生机、一种别具一格的精神力量时，就即刻展现出诗人拔乎尘俗之高节和卓尔不群的人生观，令人敬佩。

首联直切主题，用提问的修辞手笔提出问题，但没有直接回答，只是为该诗埋下伏笔，像一根链条，串联起篇中每一组意象。这充分体现了诗人不同凡响的艺术风格。

该联"寒露严霜早入冬，何来百媚艳千红"是诗人眼前的一幅画卷。诗人巧妙地用"严霜"与"媚艳"两个偏正词组，给了读者一个时空交错的靓丽媚艳的镜头。此时已是寒霜凛冽、百花凋谢、北风扫叶的季节了，但三角梅等依旧绽放光彩，媚艳耀眼并且是千红，有百品之感，怎不令人动容动情！

"严霜"与"媚艳"可谓点睛之笔，诗之眼也！用得十分巧妙到位，精练传神。准确定位了初冬寒冷的程度及三角梅的耐力与象征。有几分"凡事甘迟暮，风霜便损威"的高尚情操，面对那风霜的威与险表现了无足轻重之感。这里名曰颂花，实为誉人之精神，充分凸显了诗人坚贞的崇高品格。令人抚掌击节乎！

颔联"藏娇巨谷幽林外，避世荒郊旷野中"与颈联"惯看朝阳迷雾海，犹怜晓月恋孤峰"是一幅全景画卷，从时空方位上对三角梅生存环境的刻画、描绘详尽细腻。该花既不同于峭壁孤松傲立，又不似渊谷幽兰芳润，更异于悬崖冰峰中的梅花婷婷，而是郊外原野万千普通花草中的佼佼者，亦是诗人谦虚谨慎、宽宏大度的胸襟和高尚的个人修养的展示。

颈联诗人以微妙的艺术手法使用了"惯看""犹怜"两个词，可谓该联之眼者，用得十分经典微妙、得心应手，令人有隐秀与豁达的辩证之美感。"犹怜"即爱也！爱的是"晓月恋孤峰"。所以该联反映了诗人对那种风起云涌的局面，以及那些要弄歪风邪气者以冷眼相待，同时更展示了诗人孤傲不群的精神气质。其胸次含宏的大家气格跃然纸上，令人赞叹不已。

尾联"炎凉自在襟怀里，岂惧波涛向碧穹"，直抒胸臆，巧妙地回答了首联的问题，其答案豪迈爽快、坚贞超拔、潇洒脱俗，再次展现了诗人节高心贞、默默奉献的美德，一扫滥情俗调的大无畏革命精神，敢于斗争的豪迈气质。

该作品充满时代精神，正能量充分展现，从艺术手法看更表现出别具一格的审美观和创作理念。诗人把诗中的悬念贯穿于作品的每一个意象之中，同时其思想境界又在意象之外，有其严谨的象征之美，寓意深沉，大大提升和丰富了读者的联想力。

【樵夫点评】赏析此诗，犹应参阅诗人《自传·风霜岩隙松》写仰天堎教学生涯，否则难知此诗弦外之意。

据悉，诗人1991—1994年于荒芜之地一所世称"七无"的学校，创造了教学生涯之巅峰，这是诗人常引为自豪的奇迹。

然，此奇迹却是诗人竭尽全力奋斗出来的，故其诗曾有"遭谴何须长抱恨，蹉跎铸得一狂夫"。

望月怀想寄人

驾雾飞天去，三江路渺茫。

林声秋夜雨，月色夏晨霜。

浪小倾情细，风轻拂影长。

嫦娥伤寂寞，可否嫁吴刚？

【江岚点评】发端惊人，气象弘大。颔联疑化自白居易《江楼夕望招客》"风吹古木晴天雨，月照平沙夏夜霜"之句，精练为五言，亦自有独到之处。颈联想象月中景象，结句风趣，足见深情。

【刘宝安赏析】诗的首联揭示的是天与地之广大。作者这里是利用这硕大的空间来展现丰厚的感情世界。这"林声""秋夜""月色""夏晨"都充满了美好的回忆，而"浪小倾情""风轻拂影"则更平添诗的神秘感和故事的传奇色彩。诗的颔联和颈联为后续做足了"功课"，才使得尾联水到渠成般地道出了作者的心声——最终寄情的人是谁？

艺术手法上作者使用了"虚实相生"的布局。首尾是虚写，虚写深沉、博大，能够引起读者遐想。中间两联是实写，实写平实、厚重，可以激发看官的热情。所以读者欲言，最好先了解一下背景和本事。邓校长的坎坷经历及峥嵘人生，铸就了他独有的坚强的奋斗者性格。我们每读他的诗作都能得到启发，并分享快慰。

下面还要顺便说一下诗的颔联，我理解为两层意思。其一即如前所说是句子的表面意思，不必赘述。这里要说的其二，是此联的单句蕴含着相互修饰的句法。首先是"秋夜雨"与"林声"互为修饰，即林声（秋夜雨）像秋夜雨（林声）一样唰唰作响。而"夏晨霜"与"月色"也是如此。所以，这不得不让人感叹作者之"胸中罗锦，笔底生花"之妙。

病树咏

散叶舒枝气宇昂，曾披冰雪吐芬芳。

掌声阵阵盈盈笑，虫迹斑斑暗暗伤。

莫忆当初华丽梦，且怜今夕晚霞光。

分分秒秒须抓紧，著好神奇结尾章。

【郭云赏析】这是一首比较典型的咏物之作。咏物之作多半带有象征性意义。其手法多隐喻。该作品正是以物喻人、托物言志的一首代表作。

首句"散叶舒枝气宇昂"，用了反扣标题的修辞手法。尤用"散叶""舒枝"来衬托"气宇昂"的壮然势态，充分凸显了诗人高昂的精神面貌，展示了诗人不同凡俗、豪以气轹的风度。至于"曾披冰雪吐芬芳"是首句的补充与继续，反映了诗人饱经沧桑的经历与现状，是对诗人积劳成疾的暗示，更加托起首句的力度。可见其发端是一个反扣与正补的典型句式。其艺术手笔令人赞叹不已。

领联"掌声阵阵盈盈笑，虫迹斑斑暗暗伤"，相对标题来看和首联有近似之处。由于诗人用先扬后抑的艺术手法，既激发了读者的愉悦感，升华了作品的豪迈和浪漫色彩，同时那"虫迹斑斑暗暗伤"又唤起了读者的同情感，令人情怀跌宕，深感隽永之蕴藉。该联使读者有如身临树下，听到了哗哗的树叶声，感到了闪闪流光晃眼的景象。同时其言外之意令人回味无穷。一个"暗"字蕴含了背后"伤"与人前"笑"的辩证统一，表现了诗人真实的情思和坚韧不拔的魅力。可谓传神之笔！应该说，上句是人们对这株树硕果满枝的赞许，而对句却是诗人在赞叹内心的感伤。据作者说，此诗写于专家诊断其左眼因视网膜上黄斑裂缝是不可逆之症，左眼已盲的当夜。

颈联"莫忆当初华丽梦，且怜今夕晚霞光"承上启下。诗人笔锋一转，令人出其不意。不仅有场景上的调整，而且由过去转为眼前，是时间与心境的转移。"晚霞光"充分展现了诗人崇高的乐观主义情怀。年过古稀的老人，体弱有病，却不负时代，敢于挑战病魔，恪守初心，令人肃然起敬！

尾联"分分秒秒须抓紧，著好神奇结尾章"直抒胸臆，亦是对全诗意境的综合与升华。尤"著好神奇结尾章"是情感的高潮，有扛鼎之力，与标题相辅相成，构成该诗的内涵与境界，连贯通篇，是言外之意的聚焦点。

由以上可见，"病树"之言不是"病骨支离纱帽宽"的感伤，而是"位卑未敢忘忧国，事定犹须待阖棺"（陆游诗句）的崇高的人生价值与革命乐观主义的统一。该作品是一首充满正能量与时代精神的精品力作，是诗人高尚的生死观的注脚，展现了诗人节高心贞、超拔凡俗、坚韧不拔的精神气度。

丑山

空空旷野似洪荒，不见葱茏岂有香。

乱石盈眸多雾瘴，羊肠满棘少豺狼。

风吹砾石弥天地，雪落他山绝涧江。

丑陋休言无用处，腹怀宝玉赛金刚。

【樵夫点评】此诗结构严谨，紧扣诗题，欲扬先抑。扬仅尾联而已，然则力透纸背。金刚中石本宝玉之王，而山腹之玉则有赛金刚之处。此处一个"赛"字，就尽显腹怀宝玉之珍贵了。这与前三联之丑陋形成极为强烈的反差，从美学角度来看，诗人之审美观为：重内涵而不重外观。

首联极状该山之古拙——洪荒之貌，无葱茏色，无花香味，色香俱无，岂不丑乎？

再品颔联，乱石盈目，毒雾漫山，荆棘塞道，可能因食物链断，故连凶狠的豺、狼也无法生存，如此之地岂有用乎？

再看颈联，风吹石走，因无雪而水源绝且涧江均无，如此绝地，岂有用乎？故才有尾联"丑陋休言无用处"，才转结出"腹怀宝玉赛金刚"。

总之，前三联诗人处处着笔，极状其丑陋之状貌，均在为其尾联蓄势。

细读此诗，你还认为此山丑吗？

细品此诗，你以为诗人仅在写山吗？纵观世事、世人，金玉其外、败絮其中者何其多也。故有言道：为容不在貌。成都俗语说：风在这边吹，雨在那边落。诗论家说：意外之意、境外之境为深邃高远。诗忌直露而重含蓄，此诗先抑后扬，于反转出新意。此诗可当"佳构"二字否？

回放

记得溪亭暮色稠，花丛蹦出俏丫头。

盈盈嘴笑腮如雪，剪剪①发飘眉似钩②。

惊临碧水观媸窑，急撷红霞掩怯羞。

畏我生人颜腼腆，躬身一跳上渔舟。

后记：一九九三年秋，吾游简阳见一乖巧农家少女事，今以诗为忆。

注释：

①剪剪：整齐貌。

②钩：弯曲状。

【樵夫赏析】闲适堂主的诗，大多为恢宏沉浑之作，而少清丽柔婉之语，故江岚先生称其为诗匪、诗豪。

然就如婉约之李清照，亦能写出"生当作人杰，死亦为鬼雄，至今思项羽，不肯过江东"的怒目金刚之作。而有人却与李清照背道而驰，惯写怒目金刚之诗的人，有时也写点清丽柔婉之诗。闲适堂主就是这样的人，而《回放》一诗应是堂主柔婉之类的代表作。

据其后记，此诗是回忆20世纪90年代一次旅途之所见所感。屈指算来，三十年过去了，诗人却记忆如昨，可见此事已嵌入诗人的心扉。

首联上句交代了地点：湖边之亭。时间：暮色深浓时。接着诗人移步换景，让一个活蹦乱跳的主人公——俏丫头出场了。

诗人真像一位技艺高超的导演加摄录师，为女主人公出场做了烘托和点缀，俏丫头是从花丛中蹦出来的。不仅花美、丫头俏，还活蹦乱跳，这个镜头可谓生机勃勃。

这一联上句是背景画，下句是主人公登台亮相的素描画。

颔联是对丫头的"俏"浓墨重彩的描画：白如雪的脸上，一张小嘴盈盈地笑着，整齐的刘海飘在额头前，刘海下，是两道弯曲如钩的娥眉。

这是把录制镜头对着"俏丫头"的容颜面貌，录下以上视频。

紧接着颈联进一步将摄影镜头对着"俏丫头"，从动作猜测到俏丫头的心态并录下了她的神态。

俏丫头看到了诗人及同伴，惊慌地对着碧澄的湖水，看自己的容颜，看自己怕见生人、害羞受窘的样子。就此句吾曾求证于诗人。诗人云：三岔湖为山乡水利工程，20世纪90年代始开发，其乡间农村少女见陌生人时多保有原生态的腼腆害羞。

颈联的下句，诗人写得灵动万分。

撷（读 xié），摘取之意。女孩子羞红了脸，诗人却说其是摘取天上红霞来遮掩自己的羞涩。

尾联生动地状写了"俏丫头"退场。

这丫头，出场是"蹦"出来的，退场也是"跳"走的。特别是"躬身一跳"写得十分生动形象，使读者如见其形、如临其境。

总之，此首诗写得生动活泼、形象自然，无雕凿之痕迹。

再者，诗的标题也是十分别致的。"回放"一词流行时间还不是很长，但是诗人敏感的神经感悟到了，并用于此诗标题，不仅新颖且十分妥帖。如果用"回忆""忆"不仅太熟也太普通了，且不太恰当。

因为诗人描绘的是其旅游中，大脑这台机器录制下来的那个俏丫头，从出场到退场的过程中几个十分精彩的特写镜头。既如此，用"回放"一词就非常精当了。因为回放的意思是重新播放已播放过了的影视作品或某影视其中的一个片段或镜头。

综上所析：此诗是一首清新、形象、风趣、新颖、别致的好诗。

赞罗布泊英雄

茫茫浩瀚入荒芜，万里难寻草一株。

掘洞权当钻地鼠，掏心誓做破天夫。

黄沙佐食冰当被，皓月为灯水煮蔬。

碧血浇成原子弹，五洲四海直惊呼。

【樵夫赏析】此诗首联写景，"茫茫""浩瀚"等景象，描绘出罗布泊的辽远与荒芜，而第二句极写罗布泊生命绝迹，连小草也没法存活，表明这里是死寂之地。此联状写罗布泊恶劣、艰苦得近于残酷的生态环境，为下面诸联做好了环境和氛围铺垫。

领联上句承接上联，进一步描绘了残酷的生态环境。刚入驻罗布泊时，天气恶劣，物质极其匮乏，科研人员连工棚也没有，过着近于原始人的生活，掘地洞为居，故写为"掘洞权当钻地鼠"。下句写出在恶劣的环境下，科研英雄们并未畏缩，为国奉献的雄心豪气不减，发出"掏心誓做破天夫"的呐喊。他们敢于做前无古人之事，在这寸草不生之绝地，破天荒地安营扎寨。这些既是史实，也是诗人对先贤的顶礼膜拜。

颈联紧承首领两联，进一步状写科研英雄们生活的艰苦，"皓月为灯冰当被""水煮蔬沙佐餐"，这些就是当初英雄、先贤们艰苦卓绝的生活写照，已经是艰难极了，可是老天还要千方百计地虐待我们的科研英雄。当他们就餐时，时不时还会突然狂风大作，黄沙漫天飞舞，在人们猝不及防之际，黄沙就会扑撒入饭食，故曰"黄沙佐食"。

这些当然是科研英雄生活的真实写照，所以诗人才会用一"赞"字，但这赞美不是空洞的口号，而是用了五幅画面感极强、意境极其鲜明的画来展现。

第七句转中带结，写出了英雄的含辛茹苦，终于使科研取得了伟大的成功，结下硕大无比的果实。

"碧血浇成原子弹"，原子弹研发成功确保了我国的和平安全，赢得了世界的尊重。

结尾句这一"惊呼"，涵盖"敌""我""友"各自不同的心态，个中滋味耐人寻味："敌"之惊呼为惊恐之呼，害怕得惊惶失措之呼；而"我"之"惊呼"则为惊喜之呼，在惊喜万分中欢呼，惊呼这举世伟大的胜利，欢呼含辛茹苦终于得了回报，惊呼我们也有可以与敌人抗衡的战略武器。而"友"之惊呼，则为惊诧、惊赞、惊美之呼：哟，中国这么快就搞出了原子弹，真不简单。维护世界和平又多了一份保障……

结句原稿为"五洲四海吓狂徒"。显而易见，原句只写出了"敌"之窘态——"吓"，而于"我"、于"友"之层面却无所涉及，而改句却意蕴深厚多矣。

此诗特色有二：一是画面感极强，二是含蓄。全诗以史实为基，均在赞科研人员舍小我而全大我、忠于国事之精神，却无一赞誉之字，然究其全诗却无处不在"赞"美。

此诗正能量满满，热情讴歌了为我国国防科技事业献身的科研工作者。此诗真可谓未著一字，却尽得风流。

购书后有感

银波似水夜沉沉，焦虑千般挤在心。
已购诗书逾万册，不知何处买光阴？

【郭云赏析】闲适堂主的诗，律诗多为赏析家关注，但其绝句却少有人点评，然而其绝句中亦有不少佳构，而《购书后有感》即为其佳构之一。

"银波似水夜沉沉，焦虑千般挤在心。"第一句写月色似银、透明如水的深夜之景；第二句承上句写诗人此时的心情。"焦虑千般"，为什么会这么焦虑呢？没说，这就留下悬念——包袱。

一个"挤"字，说明焦虑多得装不下了，这就鲜活而形象地把焦虑重重的心情写了出来。

"已购诗书逾万册，不知何处买光阴？"第三句没有写出焦虑重重的原因，而是话锋一转，转到购书超万册上去，这似乎与夜沉沉无关，更与焦虑不相涉——这是一首好绝句所备的。

第四句作结：不知何处买光阴？这就犹如相声的抖包袱一样，一下把悬念揭示出来了。原来诗人买了这么多书，但人渐老，所以诗人的焦虑正是：怎样找时间来看书学习呢？读到这里，诗人把包袱抖开。

短短四句二十八字，却向读者传递了三个珍贵的信息：熟悉诗人的我，深知诗人从垂髫少年渐进至白发苍苍的老翁，其惜时如命好读书、喜购书的习惯一点未减，据说他与语于其妻："我不看完我购置的书绝不死。"其妻云："那永远不会死，因为你总是在添置书。"

夜望寄女友

莺啼初夜静，独立最高楼。

月引花招手，风呼竹点头。

心痴随倩影，绮梦下渝州。

借问嘉陵水，何时向北流？

【郭云赏析】此是一首托景言情的诗，但从字面上看，无"相思""情""爱"等字眼，也无相思之意象，但却写出了"相思"之意境。

我们先来赏析首联。首联有"莺啼""初夜""立高楼"三个意象。前两个意象，"莺啼"交代氛围之"静"。为什么如是说呢？我以为这里的"莺啼"是以动衬静，与王维的"月出惊山鸟，时鸣春涧中"有异曲同工之处。

第二个意象交代了时间"初夜"，这个"初夜"与其他初夜迥异，其他初夜可能很喧闹：电视声、交谈声、唱歌声，真可谓喧嚣声声不绝于耳。但诗人笔下这个初夜却很静谧，似乎山莺的啼鸣就是唯一的声音。

第三个意象是"立高楼"。诗人为什么在这静静的初夜站立在高楼上呢？这不仅引起读者往下探寻之念，更是为全诗抹好了感情的底色。

总之，首联为全诗奠定感情的基石。

颔联的一"引"一"呼"用得十分精妙。诗人赋能于"月""风"，以拟人手法把"月""风"两个"物象"变成了灵气十足的"意象"。可以说，此联两个动词用得更是精妙绝伦，月无声但有形有色，故用"引"，风无形无色但有声，故用"呼"。

颔联似无理趣，但细品之，却理趣无尽：皎洁的月色照着花丛竹丛，给楼顶投下了疏朗而斑驳的光影。微微的夜风徐来，花枝摇曳，如在招手向诗人问好。竹梢微晃，似向诗人点头致意。你看这是多么美的月下赏景图！可惜的是，如此良辰美景，却只有诗人独立高楼，使人不禁沮丧，感到失落，这就自然引出颈尾两联。

以上为虚实相间、实多虚少地写景，而颈联、尾联则纯是虚写。

颈联"心痴随倩影"，此句中的倩影，是多义的、双关的：是月下花竹的美丽的影子，还是此景触动了情思，想起了女友美丽的身影呢，或二者兼而有之吧！而下句的"绮梦下渝州"，似乎又暗示了这个倩影是渝州女友之影。

结句应是该诗一大特色，既不是抒情也不是议论，而是以建立在想象之上的问句作结，显得新颖别致。中国的江河绝大多数是从西北流向东南的，何况人所共知的嘉陵江千百年来均是自西北流向东南汇入长江，最后流入大海，怎会"向北流"呢？显然这是诗人的祈盼，因为水往北流，"倩影"就会随水北上与诗人再续前缘。

尾联想象丰满，含义也是十分深沉丰富的，隐含着"随倩影之绮梦"如同嘉陵江水向北流一样，永远都无法成为现实。

当然，或许还有另外的什么意义吧，但究竟是什么，恐怕只有诗人自己才说得明白了。

总之，《夜望寄女友》与以下《怀乡》这两首诗，应是诗人写作风格的另一面，看来江岚先生说诗人是诗匪、诗豪是不全面的。

诗人这种含而不露在其作品占比是多少呢？应为小概率吧！

怀乡

菊枫霜染就，夜雨浸黄江。

去雁蓝天里，肥鳞碧水中。

炎凉枝上老，岁月笔头空。

梦断人消瘦，云山几万重。

【樵夫赏析】此诗原题目为《梦醒有咏故乡》，此次诗人改为《怀乡》。初看此诗似乎平淡无奇，而仔细咀嚼，便觉得很有滋味。

首联写霜菊、霜枫及夜雨，三个意象点明了深秋之雨夜，"染""浸"这两个动词就暗示大自然赋予枫之红、菊之黄，非一朝一夕之功，而是经过"霜"和"雨"渐进式地浸染、浸润而成的。此联中，第二句补充首句，令枫红菊黄映入读者眼帘，并凸现了时令特殊的色彩缤纷的物象。

颔联紧承首联，描写了雁过蓝天、鱼跃碧水。

进一步凸显诱人秋色，一个"去雁"为尾联结句做了感情的铺垫。你看雁去了，"我"却无法归去，怎不叫人愁肠百结呢？诗人不仅文字功底深厚，对生活也十分热爱，如秋到鱼肥这一生活常识，也谙熟于心。

以上两联均为实写。

颈联：炎凉老于枝上，岁月空于笔头。此联既有自然之理趣，又有人世之理趣。此联非深谙人生世态者莫能吟出，清新自然，对仗工整。

笔者曾就此联请教过诗人。诗人云：吾十二三岁为生计闯荡江湖，惯看世态炎凉，这炎凉之世态随着四序更替年复一年，将我送入了垂暮之年，故有此句，而吾1968年就舞笔弄墨，于1977年为求温饱而挤入教师行业，何曾一日离开过纸笔，可见岁月就随着吾笔横竖点撇溜走了。

一个"老"字、一个"空"字凸显了诗人的几分无奈、几分叹惋。

尾联一个"断"字，一个"瘦"字，为因果关系，因"梦断"而"人瘦"。为何如此？诗人没说读者应自明也。

尾联上下句应是上句为果、下句为因，正因为云山几万重之阻隔，令"我"归家无计，故才会望雁去而惆怅，引出颔联，正因为有家归不得才致使"梦断人消瘦"。

全诗无一字写思念故乡，却通过"去雁""梦断人瘦""云山万重"等丰满的意象，流露出诗人思乡的情绪。此应为含蓄吧！故此诗由秋景引发秋愁，但诗中却无一字写"愁"，这就是诗人的高妙处。由此可见，诗人是已悟得古诗词之"内功心法"。

此诗之妙，还妙于虚实相得益彰。首联、颔联写秋色、秋景，为实写；而颈联、尾联却是虚写，实写为虚写做了铺垫，而虚写不仅增强了实写的内涵，提升了其意境，更彰显了全诗之主旨。

诗人的创作态度是严谨的，此诗已被选入了《闲适堂·刘余集》，然而诗人在前不久又将其标题做了修改，而且颔联的"雁字"改成了"去雁"，"银鳞"改成了"肥鳞"。似乎这么一改，更增加了一点诗味。

寒潮夜

丈夫于世欲何求？但献卑微与国筹。

一夜风霜来眼底，万家灯火上心头。

米柴已足千家乐，贫富难均万户愁。

未着朱袍村野语，可传甘苦达高楼？

【郭云赏析】该作品是诗人寄情于寒潮夜，抒发寒潮夜所引发的种种情绪。该作品有其积极的社会意义，其艺术手法也别具一格，高人一筹。

首句"丈夫"一词迎面飞来，显得气壮山河、豪迈爽快，英雄气概的本色跃然而出。这里的"丈夫"绝非凡夫，而是一个有抱负、敢担当、忧民生的正义之士。

古人曾有"君有丈夫泪，泣人不泣身"（孟郊诗句），鲁迅有"无情未必真豪杰，怜子如何不丈夫"，这些名句皆衬托了"丈夫"之襟抱。该联是一个自问自答句式。接下来"但献卑微与国筹"，诗人从正面做了回答，充分反映了诗人高尚的家国情怀及国家兴亡匹夫有责的崇高品格。

其颔颈两联诗人笔锋一转，用抑扬相辅相成的修辞技巧，点出了诗人忧国忧民的真正内涵。两联从情感上给人以浑厚浓郁、激荡回旋的沉郁感，一种深邃凝重的情感引人共鸣。

"一夜风霜来眼底，万家灯火上心头。"一种慷慨的情绪喷薄而出，如同"大风卷水，林木为摧"(司空图《二十四诗品》句)之势，给人情怀跌宕、豪健雄浑之感。倒春寒的一夜风霜，使诗人担忧民生，故才有下句"万家灯火上心头"。这个"万家灯火上心头"表意含蓄。诗人巧妙地用欲抑先扬的技巧造成两者的落差，更加凸显主题。"万家灯火"与"上心头"包含了诗人崇高的"丈夫"襟抱，是诗人理想信念最高的结晶，"万家灯火"是一个意象的表现，用得得心应手。这一反常态的艺术表现，别有创意，可谓传神之笔。恰恰这个"万家灯火"形象的背后是诗人要说的国计民生的深层次问题，是诗人忧患意识的着落点，并引发"上心头"！可以说，一个"上"字境界全出，说明了诗人胸怀的是普天下的劳动大众，不是自己。这种先天下之忧而忧、后天下之乐而乐的思想境界令人击节赞叹也！至于"米柴已足千家乐，贫富难均万户愁"是上一联的延续与具体表现，是"丈夫"忧患之根本！

尾联"未着朱袍村野语，可传甘苦达高楼？"直抒胸臆，亦是诗人情绪的高潮。诗人从忧国忧民的高度出发，站在一位普通百姓的角度来发感慨、鸣忧患，表现了诗人谋社稷的崇高品格。结尾更加凸显了诗人忧国忧民的价值观，进而印证了诗人高尚的思想情操，其精神境界着实难能可贵！

从艺术技巧上看，诗人运用了先扬后抑的修辞手法，使得首尾落差较大，展现在读者面前的是一番豪迈激昂与浑厚浓郁、激荡回旋与波澜起伏的场景，是赞叹向慨叹的神奇转化，充分反映了诗人立意高远及其艺术手法的灵活巧妙。